愿所有姑娘都保留一颗勇敢的真心，

愿所有寻觅都不被辜负。

然后，一切付出都得到补偿，

一切美好都值得期待。

愿所有姑娘
都可以嫁给爱情

摆渡人 ○ 著

北京联合出版公司
Beijing United Publishing Co.,Ltd.

目录

目录
CONTENTS

PART 01

你不需要是全世界最好的那个，

你只要是我眼中最好的那个，就足够了

找个懂得欣赏
你的人谈恋爱

你不需要是全世界最好的那个，
你只要是我眼中最好的那个，就足够了。

01

上班没多久，小企鹅就跳动起来，点开一看，是阿薇发来消息，她问我："我们这个时代真的是无药可救了吗？因为我没嫁给有钱人，我老公竟瞧不起我？"

阿薇是我认识很多年的朋友。我谨慎地没有用"闺密"这个词，是因为闺密是小女人和小女人之间亲密的称呼，而阿薇绝对是个特立独行的大女人。我头一回见到她，她正独自在山顶上写生，眼看天色将晚，我们一行人招呼她一起下山，她笑着指了指她脚下大大的旅行包，告诉我们，她带了帐篷，要在这里看日出呢。那一天，她送了我一幅画，我们就这样认识了。

02

阿薇总是做自己想做的事情，像一只飞在世俗之外的鸟儿。所以，当她忽然裸婚，嫁给一文不名的阿强，我们一点都没觉得惊讶。

在我看来，阿强实在是捡了大便宜了，在这个物欲横流的社会里，轻而易举娶到这么漂亮又有才的妻子，一定是祖上哪位先人积了善德。依照常理，阿强对阿薇就算不视若珍宝的话，也该你侬我侬才对。可是，阿强对阿薇有一百个不满意。

这一回，又是阿强埋怨妻子，总是往家买那些没有用处的宣纸，一点也不懂得勤俭持家。阿薇一听也不乐意了，说，宣纸是我画画用的，怎么能说没有用处呢？再说，我买纸花的是自己的钱，并没有花你的呀。

一提钱，阿强的话更难听了，居然说，你有钱，你除了钱还有什么呢？你也不想想自己，当年是怎么嫁不出去才倒贴给我的。

03

阿强和阿薇的矛盾由来已久，我一直天真地以为，他们是生活观和消费观不一样所产生的矛盾，却从未想过，多才多艺的阿薇原来在阿强的眼中一无是处。

你画画好，可你的画在他眼中是一堆昂贵的废纸；你弹琴好，可你的琴声在他耳中远不及一场二人转来得有趣；你是香远益清的亭亭莲花，他却嫌弃你不够妖娆，不够芬芳；你是稀世珍有的枯叶蝶，他却只当你是一只其貌不扬的扑火飞蛾。

你有一百件好处，他都无从欣赏，也就等于零。

我还知道一对夫妻，男的相貌堂堂，女的相貌平平，堂堂对平平，却连眼角眉梢里都是温柔。有一天，妻子问丈夫，你为什么对我这么好，你喜欢我什么？

妻子问着这个问题，其实心里差不多已经有了答案。于是，她等着他说，是因为你总是悉心地关爱我们的家，为了父母和孩子默默奉献不辞劳苦，因为你是我的贤内助，是孩子的好母亲，是我爸妈的好儿媳……这样的话，她自己也能想到很多。

然而，丈夫回答说，因为你每次洗完澡吹头发的样子很美。

她觉得有点意外，从来没有一个人告诉过她，她吹头发的样子很美。

还有呢？她问。

他说，你睡着的时候说梦话很可爱，你夏天穿长裙子非常漂亮，你做错事会脸红，你写的小诗很好，干吗要丢在纸篓里，我都悄悄收起来了……

她一下子明白了，他是真的懂她，而且真的爱她。

她的美是闪在夜空里的寥寥寒星，他却全看到了，记在了心里。她的好处是藏在沙子里的珍珠，他却在像沙子一样平凡的日子里发现了它们，小心翼翼地珍藏。

你不需要是全世界最好的那个，你只要是我眼中最好的那个，就足够了。

04

我们都是浩瀚宇宙中平凡的生命，是空山幽谷里无人知晓的花草，在我盛开的刹那，如果你恰好看到，如果你恰好觉得那看起来不错，如果你愿意为这份美好驻足，那就不荒废我一刹那的绽放。

如果你说爱我，我希望你的意思是，你懂我知我，而且惜我怜我。如果我说爱你，那我的意思是，你在我眼中举世无双，不可多得。让我们相知，然后相爱；相爱，然后相守。

相伴一生的那个人，必须首先是懂得欣赏你的人，然后，才有资格说爱。

因为，每个人都有每个人的美好，一个人最大的不幸，莫过于耗尽一生，身边那个最亲密的人，却对你的美好无知无觉，在你的生命里扮演暴殄天物囫囵吞枣的角色。

这样的一生，岂不可悲？

"我有花一朵，长在我心中，真情真爱无人懂。遍地的野草，已占满了山坡，孤芳自赏最心痛……"

让懂你的人爱你，惺惺相惜，心心相印；莫待青春耗尽，惊起回头，长恨无人懂。

那个能让你变成小女孩的人，
才是你应该爱的人

只有那个能让你卸下负担，
像个小女孩一样无所畏忌地去爱的人，
才是你应该爱的人。

01

看电影《团圆》时，非常让我感动的一点是：这么多年过去了，她还是他的小女孩。

当年国民党溃败，情侣刘燕生和乔玉娥约好在码头碰面，一起坐船去台湾，可是人山人海，他们找不到彼此。刘燕生挤上小船逃向台湾，而乔玉娥却留在了上海。

她身怀六甲孤苦无依，作为国民党遗属生活更是难以为继，为了孩子，为了活下去，乔玉娥不得已嫁给她不爱的陆善民。几十年后大家都老了，刘燕生有了回国探亲的机会，与她相见，问她这几十年来的生活。而乔玉娥，一个端庄沉静的老人，在刘燕生的面前却突然变成了一个委屈的小女孩，问他："当年我们约好在码头见面，可人太多了，我怎么也找不到你，你在哪儿呢？"这么多年不见，她开口要说的第一句，就是倾吐这几十年的委屈。

他们坐在年轻时相爱的老房子里，一起聊天，看着刘燕生的脸庞，玉娥苍老的面孔露出少女的甜蜜和娇羞，仿佛回到了少年时。

她说：我跟老陆的这几十年，就是活着而已。

的确，她在老陆的面前，是一个贤惠勤俭的好妻子，会质问老陆怎么会买这么贵的螃蟹，以后过不过日子了？可她唯有在刘燕生的面前，才是那个真正的她自己，会委屈，会流泪，像个小孩子。

她没在老陆面前流过泪，没在老陆面前唱过歌，因为她的泪她的歌，都在刘燕生身上，跟着刘燕生而去。她说，只有和刘燕生在一起的日子，她是真正的活过了。

虽然最后老陆的病让他们都选择了放弃，可是在她心里，她永远爱的只有那一个情哥哥。码头送别的时候，她乖乖地、安静地听刘燕生的嘱咐：多吃饭，多穿衣。听他温柔的劝慰，可泪水还是止不住，喃喃道，不知道以后还有没有机会见面了。头挨着头地流泪，她又变成了那个委屈的少女。

原来生死历过，岁月活过，她最牵挂的，还是少女时那一份没有结果的爱，那个能让她一次次变成一个乖巧委屈的小女孩的人。只有在他面前她才会哭，会笑，会表达情绪，而不仅仅是一个精打细算的妻子，一个老去的母亲。

02

我在朋友圈安利这部电影，晴瑶看过之后说："这演的就是我呀。"

那时候晴瑶有一个交往两年的男朋友，是通过相亲认识的。虽然谈不上喜欢，但也没有特别讨厌的部分。他工作稳定，有房子，性格也还好。于是两人

开始了不咸不淡的约会，偶尔吃饭看电影，也一起旅行过。没吵过架，都客客气气的。晴瑶不会对他任性耍小脾气，男朋友也说她够温柔贤惠，他们看起来很恩爱，慢慢地也开始聊些结婚的事情。但晴瑶说，他们好像是两个陌生人在谈恋爱，不会了解对方更深的东西。她不知道这是不是就是所谓成年人的恋爱。讲求速度与条件的合适，而不是爱或不爱。

她没试过跟男友小吵小闹被男友哄是什么滋味，男友也没给过她任何让人感觉甜蜜的小惊喜，但也因为没吵过架，所以两个人都想不到分手。就算分手了，下一个不也还这样吗？都是成年人了，还做什么少女梦呢？

本来她觉得，也许她这辈子都没机会因为爱情结婚了，直到遇见邢纬。

邢纬是公司新任的行政经理。晴瑶因为工作的关系需要常和他交流，慢慢变得熟悉。有次约好去见客户，结果客户临时改变计划，推迟了见面的时间，邢纬告诉晴瑶这个消息，一边摊手一边扬了扬眉说："看来这顿要变成我们二人的约会餐了。"他是开玩笑，但晴瑶看着他调皮的表情，居然一下红了脸，怎么会有心跳的感觉，好像回到了校园时候的初恋。邢纬看到脸红的晴瑶，居然笑得更深了些："你太害羞了，应该多笑笑，笑笑好看。"

然后，握住了晴瑶的手。

03

　　一个星期后，晴瑶和男友分手。男友问她为什么，她说："我觉得我们很合适，可是对不起，我不爱你。"男友不解："我也不爱你啊，可是我们这两年不也挺好的吗？你很贤惠识大体，我父母也满意，结婚不都这样的吗，有几个人能把爱情当饭吃啊？！"

　　晴瑶说："我不知道能不能把爱情当饭吃，但我不能把不爱当饭。我咽不下去，对不起。"

　　她选择和邢纬在一起。她说："我只想试试，看看我是不是也能为爱情活一次。为这心脏的跳动，像一个真正在恋爱的女人一样。"

　　她的选择没错，她的感觉也没错。明明都是快三十岁的成年人了，晴瑶却觉得，他们像是回到了校园恋爱。会吵吵闹闹，会拥抱会笑。邢纬有时忙于工作约会迟到，晴瑶就罚他吃掉所有的饭菜，不许剩。有时她要买粉红色的猪宝宝玩偶，邢纬开玩笑说她幼稚，晴瑶就直接用猪宝宝砸他，听他故意大呼小叫地喊她疯婆娘，怎么一点也不温柔。

　　两个人都很开心，像个幼稚的孩子。

　　而这些，都是晴瑶跟前男友没经历过的，这些别的女生早就体验过的恋爱，晴瑶直到现在才一一体验。在邢纬面前，她可以大声

笑，可以有点任性，有点脾气，甚至可以无理取闹。她不担心邢纬会不喜欢她，就像每个被宠爱着的小女孩一样，她快快乐乐地，享受邢纬给她的宠爱。

只有在邢纬面前，晴瑶才可以卸下伪装，不需要成熟不需要利落，也不需要总是小心翼翼地照顾他的情绪。就像乔玉娥一样，不管什么时候，只要在爱的人面前，她都可以无所顾忌地，变成那个永远的小女孩。

所有成人世界的防御和孤独，她完全卸下，完全释放。

04

秦昊和伊能静。

她大他十岁，还曾有过一段失败的婚姻。她说，我在世人面前已不配爱，直到遇见秦昊。

她陪秦昊拍戏时，等秦昊一早离开，她吃完早餐出去逛解放碑，在美食街吃凉粉，去西西弗书店看书，吃顿路边烧烤茄子，等秦先生下班接她回家。一路上有说不完的话，日常的各种琐碎，她一天的所闻所见，都事无巨细地讲给他听。他不仅不嫌烦，还觉得有意思。

是谁说过：爱情最重要的是不嫌烦，别人说出来没什么意思，但你爱的人说出来就很有意思。这就是爱情了。

一个四十七岁的女人，一个本来已经不对爱情抱有希望的女人，一个缺失童年和青春期的灰暗人生。过去她是大女人，一个家族都靠她赚钱。她出书、拍电影、投资、设计品牌，因为不能停。直到遇见这个真的可以爱的人，让她停下来呼吸，停下来倾诉，停下来去爱。

就像伊能静自己说的："曾经拼命赚钱养家的灰暗期，好像前世残影渐渐变淡渐渐消失，因为你我终于体验什么是爱笑爱闹爱哭的十七岁少女。"

她终于等到有人爱她，像少女一样爱，像少女一样被爱。

我们终于明白，只有那个能让你卸下负担，像个小女孩一样无所畏忌去爱的人，才是你应该爱的人。

陪伴和陪着的意义
我们都应该明白，

每一份能长久的爱，不能或缺的都是陪伴的长情；
只有真切的陪伴，才有爱的效果和意义。

01

前几天去看电影，出来后从同一个场次出来了一对情侣，走在我前面。女孩看起来兴致很高，不停拉着男朋友谈论着刚刚看过的电影，哪个人物的哪些语言哪个动作很搞笑之类的，边说还边挽着男朋友的胳膊，看得出来她在努力想和男朋友分享她的心情。但女孩的男朋友不像其他出来的情侣一样愉快，表情有点索然，边走边玩手机，偶尔才敷衍女朋友一声"嗯"。大概又是一个单纯为了陪女朋友而来的吧，我想。

很多男朋友陪女朋友看电影可都不是真的为了看电影，而是宠爱女朋友，希望她开心吧。我一直觉得这样的小宠爱非常值得羡慕。只是我有点疑惑，一般情况下，此刻男生不应该带着宠溺的笑容附和下自己的女朋友"对呀很搞笑，不过你小心笑出皱纹这样就变丑啦哈哈"之类的吗？

怎么他这么冷淡，不怕女朋友生气吗？

果不其然，没过一会儿那女生就忍不住了，轻打了一下男生的胳膊，说："喂，我说话你有没有在听啊？"

男生有点不耐烦："听着呢听着呢，也不是很有趣，那主角风言风语的跟个傻子一样有什么好笑的？我尴尬癌都患了，你就跟那傻子一样一起笑，真搞不懂你们女生。"

我在旁边简直无语，这男生是神经病还是傻子啊？你以为她真的在乎是不是很好笑啊？不就是为了能跟你多点交流吗？你跟个木头人一样只知道玩手机还好意思凶别人？木头人都不带你这么有脾气的！

那个女生很委屈，听到这话后站在原地停了几秒，不悦地噘起嘴巴，希望男朋友会回头跟她道歉，结果那男生回头看她没走，更加不耐烦地说："别耍脾气了，我都放弃玩游戏的时间来陪你了，你还想要怎么样啊？你知不知道今天我们寝室本来约好准时打线上游戏，要不是你一定要来看电影，我早就升级了。现在看完了，还不走？"

本来渴求听到对不起，结果反而遭到斥责，我看见女孩还想说点什么，但终于什么都没说，静静跟上去，但眼神充满了失望。对女孩来说，这天本来渴望的美好约会算是泡汤了。

我很讨厌这种时候，真的。

恋爱时候的约会，不应该尽量创造一个甜蜜美好的氛围吗？如果你没有准备好或是有事要做，完全可以好好地跟对方沟通，何必勉强自己去了，但一直抛给对方坏情绪，结果导致两个人都不开心。一个认为我付出了我的时间，你就不应该要求再多。一个觉得你既然来了，为什么不能和我好好吃饭聊天看电影？一直这样给我脸色看，你什么意思嘛，还不如不要来。

我觉得这样的"陪"，有还不如没有。她要的是心的陪伴，而不是你用冷漠的时间就可以打发掉的，所谓的"陪着"。

这是两个完全不同的概念，是天差地别的不同。

02

不然恋爱的意义何在呢？我可以和许多人吃饭为什么一定要选你呢？我可以和朋友看电影为什么却希望你陪我一起看电影呢？因为他们是朋友，而你是男朋友啊。

她要的是男朋友的陪伴，而不是一个用人的跟随。

你人到而心不到，你人在而心不在，这种时候的"陪"比不陪更让她难过。

我想许多人都要先明白这样的道理，再来确定你是不是真的愿意陪着她共度美好的、可以创造出共同记忆的约会。而不是心不甘情不愿地放弃游戏，借此显示我对你的重视，再用这重视警告你：我来都来了，所以你不要再要求更多。

这种具有交易性的约会，用你的开心和他的时间，导致一个都不开心的结果，是这世上最没有价值的约会。

如果你真的忙，那就去忙。跟我说清楚，然后你放放心心地去忙；我也开开心心地，去玩我喜欢玩的。

03

记得刚和男朋友在一起时，我忙于英语四级和专业证书的考试。那段时间是真的很忙，除了应付平常的上课作业之外，还要做英语试题。因为我的英语基础不是很好，所以要花更多的时间去背去记；刚巧又碰上国家级的证书考试，所以既忙且乱。但就在那时

男朋友说植物园的郁金香都开了，一大片一大片的，很漂亮，约我周末一起去。我既想去又担心周末应该完成的一套四级真题做不完，但想想郁金香也就只有这段时间才开也是很难得，所以最后还是决定去了。

但我在植物园里却不是很安心，植物园很大花也很多，我大致看了看，拍了一些照片后就显得有点急躁，很想问什么时候才可以回去，但又不能开口说回去，就自己默默急着；想到晚上还有一份实验报告，就什么赏花的心情都没了。

男朋友看出我的不安，问我怎么了。我一开始说没事，但他看我一直心不在焉的样子，以为我是遇到了什么事，认真问我到底怎么了。我只好告诉他我的忙碌，说完又马上保证说没事没事我不是现在要走，很怕他生气；毕竟我是答应了陪他的。

没想到他听完我的话突然笑了，说："我还以为你发生什么事了，还在想我是不是做错什么让你不开心了，原来就是忙啊，吓死我了，那我们快点回去吧。"

"那你怎么办啊？"

"我？我当然是和你回去咯！"

"可是我答应了要陪你的……"

"你人在这，可是你的心陪着你的四级真题呢。放心吧，你做你的真题，我在旁边看我的书行不行？"

04

于是那天就以他陪着我在图书馆学习作为结束，而且最后都很开心。只是从那以后我就学会，当我真的准备好可以陪伴一个人时，我才答应。而不是明明走不开不能去，还硬逼着自己去，那样的陪伴，只有陪没有伴，不是我们想要的，肯定也不是每一对情侣想要的。

当我们决定约会，不管是热恋也好，纪念日也罢，还是只是普普通通的一场电影，如果你没有准备好一个"陪伴"的心情，如果你觉得会给自己带来压力也会让对方从期待变成失望甚至难过，那么还不如放弃这场约会。

给对方一颗完完全全的陪伴的心，比你抽空或者仅为了表示"我在"来得重要得多。让她看着你勉强和不耐烦的表情，除了让她难过之外，只会徒伤感情。而每一份能长久的爱，不能或缺的都是陪伴的长情。而只有真切的陪伴，才有爱的效果和意义。

陌生和相爱的距离

爱情里真的经不起伤害，
一点缝隙都会让爱情土崩瓦解。

01

记得玉儿在高中时曾跟我说有个喜欢她的男孩送了她一瓶子的折纸星星，每个星星里都有一个愿望：希望看见你穿婚纱嫁给我；希望我们不要分开；希望看见你甜甜的笑；希望看见你夏天穿长裙的样子；希望……希望吃到你亲手蒸的馒头。

我觉得最后这个特实在，记忆犹新。

玉儿每次跟我说起他都会眉眼带笑，感觉他俩真是金童玉女，太般配太幸福了。一年年过去，我见证着他们的幸福，玉儿跟我说着他们的点点滴滴。两个从未争吵过的人，从未想过他们会变成现在的陌生人。

02

玉儿和李林是高中同学，那年玉儿读高二，情窦初开。李林是个帅气、温柔的男孩，邻桌相挨，玉儿的美丽和善良让李林为之心动，那年他们相恋了。

高考结束，两人都落榜了，各自怀着郁闷的心情回家，什么都要落空了。炎热的夏季慢慢熬过，开学的日子快到了，玉儿却是迷茫的。一天下午，急促的敲门声响起，李林满头大汗地找到玉儿家，叫玉儿一块儿去复读，此时玉儿觉得李林真的很在乎她。

他们又看到了希望。

复读的他们还是在一个班，每天上学放学走过那段记载他们美好爱情的校园小道，天热他为她遮阳。天冷他将自己围巾的一头绕在她的脖子上；围巾将他们拉得越来越近，都是幸福的瞬间。

如愿考入了同一所大学，虽不是一个专业，他还是会天天骑车去找她，载她满校园转，看过一片片红叶，轧过一片片黄叶，羡煞众多同学。

毕业了，工作了，他们终于结婚了，婚纱照上玉儿幸福地笑着。他们租了一间小房子，却十分温馨。本以为就这么幸福下去，却是一点点积累了失望。

03

他找了份卖房子的工作，跟女同事一起看房子，一起上下班，还一起吃饭。应该只是同事关系吧，玉儿宽慰自己。玉儿跟他们一起吃了顿饭，李林给女同事夹菜的动作深深刺伤了玉儿，李林之后解释他们之间什么事都没有，玉儿没说话。

玉儿太累了，每天辛苦上班，不去想那些是不是朋友间的往来，可回家看到李林打游戏，一点家务不帮玉儿做，像是找了个不花钱还挣钱的保姆，心里很是失落。而他工作换来换去都不顺心，最后选择做了期货。悠闲的工作，可以在家玩着电脑上班，可却没见他挣回来一分钱，还往里投钱。玉儿的工资每月要交房租水电，还要帮他还好几张信用卡，几年都没攒下钱，结婚娘家给的钱也都花了，还欠了许多钱，但其实还有玉儿不知道的债。玉儿也考虑是不是该让他清醒点，这样的工作不能做了，他说这次肯定挣钱，我一定要让你过上好日子，玉儿拗不过他。

玉儿怀孕了，这是一个天大的好消息，可也让玉儿愁眉不展。该怎么养孩子啊？李林一点不操心没钱，信用卡到期有玉儿还。操劳的日子里，玉儿流产了，身体很不好，调养了一阵，入不敷出，婆婆给拿了三千块钱，养好身体玉儿又重新上班了。

家庭的支柱成了一个弱不禁风的女孩子。

04

朋友们的催债应该是他们的第一次争吵吧，不承想他会借那么多债，而他也变得不可理喻，还计较着玉儿流产他家给拿了三千块钱，说欠的钱要一起分担，不分担就打玉儿。玉儿彻底寒心了，无数的争吵变为沉默。玉儿从未想过要过多有钱的生活，也愿意为他分担，为了他，玉儿还一度装作过得很好给家里看。可他却如此计较，不上进，只是增加越来越多的债务。玉儿决定离婚，十多年感情只剩下分担的那些债和他的冷言冷语。

钱不比感情重要，态度却很重要，失望透支了玉儿的爱情。

玉儿曾说他真的对她很好，或许再也找不到对她这么好的人了。就是这样好的一个人，伤了玉儿的心。我问玉儿，你还相信爱情吗？她说信吧，不能因为一棵歪脖子树而放弃整片森林。可我觉得她的心很难再接受别人了，总是淡淡地笑着，眼里却含着忧伤。

一直以来，玉儿都是那么善解人意，总不希望太为难老公，总觉得其实李林内心也是内疚的，我就不要嫌弃他不挣钱了吧，一次次为他开脱。可得到的不是他的回头，而是变本加厉的欺骗和骄纵。人啊，总是一次次透支别人的放纵，为什么别人就要为你的不负责买单？

夫妻本是相扶相持的，而不是单方的付出。

05

玉儿不是为了钱跟他离婚的，是乏了，失望了，李林却觉得玉儿是嫌他没钱。多么戏剧化。原本那么美好的爱情，以这样陌生的面貌结束了。好多男人会觉得女人爱钱，可好多女人都是在你没钱的时候跟你相恋了，自己不能给她幸福，就以女人爱钱的借口宽慰自己没有错，可悲的男人啊。

曾许诺让你过上好日子，却在生活中嫌弃你买的裙子够半个月房租了；当初说我的钱都是你的，可生活中你花自己钱买衣服还要看他脸色。这算是相爱中的陌生吧？

曾经说只爱你一个，不会跟别的女人走太近，却跟异性吃饭逛街，在你生气的时候指责你的小气，这也是相爱中的陌生吧？

更有甚者说着爱你，却在你生孩子危及生命时选择保孩子，这是爱你的人啊，这种陌生的嘴脸是我们不曾想到的。

相爱和陌生之间只有一句话的距离。明明是同一个人，却在暖了你的心后，冷冻了你所有。

　　生活总让我们想不到我们会经历什么。不是什么滔天大罪，却依旧觉得寒心。爱情里真的经不起伤害，一点缝隙都会让爱情土崩瓦解。相互体谅，相互商量，不要让一个人的自私害了两个人，两个家庭。不要让彼此陌生。

你的男神为何迟迟不来

如果，你执意做一个公主，住在高高的城堡，
让你的心如小小的窗扉紧掩。
那你等到的，永远不是男神，而是过客。

一只美丽的雌蛾破茧而出，另一只远在十公里外的雄蛾得到讯息，立即振翅翩然而来，只为寻她。

而你，淡扫蛾眉，待字闺中，等在季节里的容颜如莲花开落，却迟迟不见男神的身影。

你在各类社交平台发了一张又一张角度绝佳的自拍照，收到一行又一行的点赞，可你仍感觉自己是一个寂寞的橱窗娃娃。那么多人停下来欣赏你，可他们欣赏了一下，就继续赶路了。

在你关于爱情的想象中，应该有一个王子，骑着白马翻山越岭来找你，拿着玫瑰花单膝跪在你面前。或者有一个盖世英雄，身披金甲圣衣，驾着七彩祥云来迎娶你。再或者，是一个年轻帅气的霸道总裁，处心积虑把你收入囊中，抬起你的下巴，冷冷说一句"非你不可"。可是他们统统没有来。

你知道自己是美丽的，优雅的，和善的，可这样一来，你更不知道问题出在哪里了。

姑娘，让我来告诉你吧。

爱情永远不是一个人的事，而是两个人的事。等待，不应该是一个成熟女性应有的姿态。

太多爱情偶像剧给女孩子们灌输了一个错误的观念：与你天造地设的那一位，某天会毫无征兆地从天而降，然后在缘分的感召下对你爱得死去活来，进而死缠烂打，直到你芳心轻许，就一起踏入爱情的殿堂。而你，只需要等着就行了。

带着这样的观念，女孩子们我行我素，大周末宅在家里追剧，一天到晚除了老爸和小区保安大叔，连个异性都见不到。姑娘，你指望你的那一位，像圣诞老人一样从烟囱里钻进来见你吗？

周末当宅女，工作日总有机会吧？可是你的脸上写满了"不可侵犯"。你没有传达出一点想要谈恋爱的讯息；相反，你把你的爱情视若珍宝，紧紧藏在坚硬的壳里。可是，谁的爱情不是珍宝呢？又有谁，愿意去讨好一个不情不愿、勉为其难的爱人？

运气真好，竟真有一位勇士不畏冰霜，披荆斩棘地来了。你一边不动声色地冷眼旁观，一边考验他的诚意，给他设置一道一道的障碍，只等他闯过九九八十一难，就把爱情赏赐给他。

然而这位勇士，竟没有领悟你的苦心。他把你当作不染红尘的凡间仙子，高高供奉在心里，然后洒泪离去了。你默默地想，他并不是你要等的那个人，因为他对你的爱也不过如此。

春花秋月，沧海桑田，除了让上帝再发一次慈悲，还有什么别的办法呢？——谢天谢地，终于终于有一天，有个人对你无怨无悔地献出殷勤，无条件地满足了你对爱情的所有幻想和虚荣；而且令人惊讶的是，他居然不是一个骗子。

故事到这里总该圆满了吧？

可你一拍脑门才想起来，你只顾着考量他爱不爱你，会不会永远爱你，而对于他的喜好、价值观和生活习惯，你还一无所知！

你真的能与他幸福地共度一生吗？

单凭一颗无所畏惧的爱心，他出现在你生命中，照顾你，包容你，那他顶多充当了一个长久的慈善机构。难道这就是你想要的爱情？

姑娘，在你等待爱情的时候，你是否知道什么是爱情？

当你不以被爱为荣，也不以爱人为耻的时候，你才配拥有爱情。

因为，爱情是两个成熟的个体，带着它们各自稳定的价值观和处世风格，以及它们对彼此的欲望，相互吸引并靠近的过程。

爱情不是一个精心设计的闯关游戏，也不是单纯地看雪看月亮，而是一场相互博弈的切磋较量。

行走江湖，你们必须出招亮剑，相互揭开神秘的面纱，把真实的自我展现给对方，爱情才有可能发生。在这场较量中，你们不再关心胜负输赢，而被对方的人格深深吸引，浑然忘我，爱情才有可能发生。

你们必须愈战愈勇，打得火热，最终与倾心的那一位相互征服，爱情才有可能发生。

虽然，在这场较量中，你也可能会受伤，但你知道，爱情的伤口会愈合，你也会在爱情中成长。所以，你不害怕受伤。

只有当一场切磋下来，你与他的一招一式已经珠联璧合，修成了相得益彰的神仙眷侣，此刻的爱情，才是值得期待的。

如果，你执意做一个公主，住在高高的城堡，让你的心如小小的窗扉紧掩。那你等到的，永远不是男神，而是过客。

PART 02

两个人的幸福，一个人的惬意，
都是世间的一种美好状态

爱情里，
越单纯越让人着迷

不要复杂化了恋爱中的问题，
错过了可能是你的损失。

每个人都不是完美的，谈恋爱看得则更多，除去外表性格的不完美，还会看物质条件合格不合格，没有太多人会遇到完全符合自己条件的。可是放大他的优点，就会发现那些瑕疵会被遮盖，显得不足为重。

01

香和庆是两个农村青年，没什么浪漫的爱情，却温馨至今。香很活泼，庆很寡言，女孩漂亮温柔，男孩帅气老实。可能是因为害羞吧，庆的话很少。

接触得多了，香才发现，庆是真的老实，话更是少得可怜。倒是勤快得很，家里什么活都帮着干。香觉得话少也不是大毛病，也无所谓了，或许多接触就能多说话了。

周末，他们一块儿去爬山，坐在石头上吹着风，香看着一片片的小花，说道："好漂亮。"庆回应了一声："嗯。"香又说："那边紫色的几朵，开得又大又美。""那你过去看看吧。"庆的不解风情让香没了兴致。一般的桥段不应该是"我帮你去摘吧"，或者直接摘过来献给女生么？怎么到庆这儿就变得这么僵硬。香生气地回了家。

过了段时间，庆送了香一盆花，是山上看到的紫色的花。他记到了心里，却不言语，实在的他把花养到了香的身边，让她每天看到。香看着那盆花笑，庆只看着香，还是不说话。

庆对香好，没有甜言蜜语，却是实在真诚。香爱吃烤地瓜，庆

去找香的时候就在路上买，担心地瓜凉了就不好吃了，便揣在上衣口袋里。天气不太冷，庆穿的并不多，到了给香的时候，口袋下的肚子那块烫出一片红印。香说他傻，凉了就凉了，总比烫伤了好啊。庆只嘿嘿地傻笑。

香认了庆的寡言，庆包容了香的小脾气。他们的幸福很简单却很真诚。庆的沉稳能干，让他们的日子过得红红火火。

02

张姐是我初入社会时的同事。她是 70 后，标准的温婉女人，说话轻声细语，却又有坚强的个性。

不管是工作中还是生活中，张姐都特别照顾我，虽是差着十岁左右却依然成了闺密，无话不聊。

张姐和她老公是同事，那时候的张姐还没谈过对象，姐夫的帅气和贴心让张姐倾心。虽说没有房，接触后发现姐夫人真的不错，便在一年后定了终身大事。

可他们还是有意见相左的时候，任何人相处都会有摩擦吧。在一次争吵后，张姐提了分手，晚上自己去海边走了一夜。张姐说，那时候天都暖和了，可夜里的海风还是凉得透心，她被风吹得特别清醒。

冷静后的张姐只等着姐夫的回应。然而几天过去姐夫都没有回应，张姐以为他们要分手了。在张姐快要失望时，姐夫找到了张姐，他只跟张姐说结婚吧。张姐喜极而泣。原来姐夫自己偷偷去置办了婚礼。

婚后的张姐幸福甜蜜，姐夫厨艺精湛，每日换着花样给张姐做饭，洗衣、收拾家也是能帮就帮，不会让张姐太劳累。有什么事姐夫多半会遵从张姐的意思，有了不同意见也不会想着去争吵，而是坐下来商量，彼此的默契越来越好。之后他们攒钱凑了个首付，虽然只买了不太大的一个房子，却是十分温馨的家。后来他们有了可爱的女儿。

张姐曾说，不要随便放弃一个人，即便有摩擦。不要复杂化了恋爱中的问题，错过了可能是你的损失。

03

三嫂给我的感觉是一身的江湖气息，为人爽朗，豪放似爷们。

她是四川人，和谢娜一样的性子，一样的大眼睛美女，爱笑，并且是大笑。都知道四川人是无辣不欢，三嫂也是。

三嫂女儿已经到了谈婚论嫁的年纪，小儿子却还在上小学，幸福十足。我第一次认识他们时是她上中学的女儿接幼儿园的弟弟回家，俩孩子都听话得很。三嫂也不像俩孩子母亲的那种无精打采，整日容光焕发的，好像有用不完的精力。

虽然三嫂女儿已经二十几岁，可三嫂却只结婚十几年。他们也并不是半路夫妻，而是开始时一直没领结婚证。电影明星吴君如女儿不小了，却也没有结婚，她说这样会一直有恋爱的感觉。可生活中这样的情况还真是少见。我曾问三嫂不担心三哥不要她了啊，她

霸气地说，不要拉倒，没准是我不要他的呢！

其实哪个女人不担心，三嫂只是相信三哥，愿意为爱情付出一切。

三哥三嫂恋爱时都青涩得很，打工相识的，三嫂家里并不同意三嫂嫁给什么都没有的三哥，三嫂却认定了就跟他，二十岁时跟三哥回了三哥老家石家庄。有了女儿后，就来了秦皇岛，其间也回家，却不知道为啥，一直也没补结婚证。

我们都说三哥好福气啊，娶了漂亮能干的老婆，还一心跟着他跑这儿跑那儿，任劳任怨。三哥只是笑而不言。三嫂说，你三哥年轻时可帅呢，小伙儿特精神。看三嫂自己陶醉得不行，我们却转眼看着三哥那啤酒肚和好几层的下巴实在是想不出帅在哪儿。

三哥说，她离开家跟了我便是信任我，身边只有我一个，我若伤了她便没人心疼她了；她虽是大大咧咧，却十分重情义。

闺女上幼儿园他们才找机会补了结婚证，还拍了婚纱照。三哥说，给她一切也给她保障。三嫂幸福地说，又当回新娘子。

恋爱中的人应该都会放大一些事，感觉爱得那么痛苦。其实不必那么较真，他的好足以让你幸福，让你受宠，便可以完全忽略那些干扰你判断的烦心事。爱情里需要坚持，需要包容，需要彼此的沟通和谅解。

每段爱情都像动人的旋律，一颗真心只向着你前进。也许爱情里越单纯越让人着迷。

一个人有何不可

两个人的幸福，
一个人的惬意，
都是世间的一种美好状态。

电影《世界上最伟大的父亲》里有一段话：I used to think the worst thing in life was to end up all alone. It's not. The worst thing in life is ending up with people who make you feel all alone. 大意是：我曾经以为生命中最糟糕的事就是孤独终老，其实不是，最糟糕的是与那些让你孤独的人一起终老。

01

麦芽结婚三年了，孩子两岁，如今却与老公签下了离婚协议。

当年为了摆脱父母的催婚压力，避开所有人的盘问，逃离世俗强加于她身上的观念：一个人到年龄了不结婚是不幸的。遇见了一个感觉尚可的男人便走向了婚姻，本以为终于不用再面对生活中最糟糕的问题了。

可是婚后生活并不如她所想象的那样，两个人太过急促地走向婚姻，太多的东西无法磨合。以为时间会让矛盾淡化，反而积聚太多问题使矛盾更加激化到不可收拾的地步。麦芽想离婚，可是孩子成了牵绊。面对这样一个妈宝男，自己在这个家中毫无地位可言，一有问题自己便处在了被孤立的境地。麦芽为了孩子一而再再而三地忍让，也没有让境况有些许好转。

最终，麦芽忍无可忍起草了一份离婚协议，她决定不再与眼前这个人过下去。因为，她终于明白和他过下去比自己一个人过更糟糕。

她说，如果上天再给她一次重新选择的机会，当年的那个岔路口她会选择一个人过。

02

没有遇对人之前，一个人也可以过得很好。一个人抗下所有的喜怒哀乐，不被婚姻所禁锢，何尝不是一种更惬意的选择。都说两个人一起才叫生活，可是两个不合适的人在一起又岂止是灾难。

一个人的生活值得欣赏和尊重，而不是被指点和嘲笑。至少一个人过知道自己想要什么，一个人过也不会伤害他人，比随大溜草率鲁莽始乱终弃好太多。这个社会不缺乏绵延子嗣的人，却极度缺乏不给社会添乱的人。

一个人的生活也可以有滋有味，现在不管男女，经济都可独立，我们可以不依附于任何人生活。没有必要为了世俗的观念委屈自己屈服于他人，我们要坚持自己。遇见爱，我们在一起。遇不见，我们一个人潇洒地过。

一个人修身养性，独善其身，提升自我，有着自己的精神世界和爱好。这样过一辈子从来不叫孤独终老。"孔雀女王"杨丽萍，你会觉得她是孤独终老吗？并不会，她有自己一生挚爱的舞蹈，流水、花鸟、绿叶都在与她做伴，她说过那都是她的孩子。

03

想起自己曾在古镇旅游，遇见一个旅店老板娘，快五十了，一直未曾结婚。她是一个心态很好、极为优雅的女人。从她身上看不到任何孤独和寂寞的痕迹，闲谈间你会发现她面对生活的那种怡然自得，面对他人的豁达开朗，让人觉得这个女人生活得舒服又充实。

与到店的朋友聊天，又显现了她的博学多识。自己写得一手好字，画得一手好画。闲时自己也会到处走一走，看一看，把她的感悟融入旅店的风格中。她说不是没想过两个人过，但是真没遇到那个生命中最合拍的人，一个人过就成了她最享受的生活。

在遇到这个老板娘后，我曾有意识地去关注选择独身人士的生活状态，意外发现其实他们的精神状态、生活品质远远好于很多同龄结婚生子的人。不管男女，他们足够独立，足够理性。他们有足够的时间来培养兴趣、坚持学习，丰富自己的精神世界，而不是花费在家庭琐事上。他们有足够的精力和资本去见识这个世界，拓展视野，扩大交际圈。他们对自己的一生都有所规划。即便等他们老了，在这个各方面服务已基本完善的社会，老去并不是多大的问题。

他们所过的生活远比我们想象的有趣，并非是残缺的、不完整的、需要被解决的。

04

　　不是所有人的生活都需要两个人，也不是所有的婚姻都需要传宗接代。我们有不同的生活体验才构成了这个多元的世界，生活状态也从来都不是整齐划一的。你选择两个人过，我同样可以选择一个人过。一个人的生活有一个人的独特味道，人生不是个盘子，不需要普世观念里的圆满。

　　不管有没有对象，有没有进入婚姻，一个人一生中最大的课题就是学会如何自己一个人生活。不管有多少人的陪伴，作为一个独立的个体，你最终还是要一个人走完自己的人生。

　　姑娘也好，青年也罢，希望任何人选择结束一个人的生活都是始于内心的追求，而不是外界的压力。

　　两个人的幸福，一个人的惬意，都是世间的一种美好状态。

不要把他的喜欢，
当成你放肆的资本

女为悦己者容，
不要听信男人喜欢素颜的你、
真实的你而真的放纵自己，
自毁形象。

恋爱中的人会因为对方喜欢自己的某方面而沾沾自喜，然而当初的喜欢有可能只是随口一说，所以不要会错了意，盲目当成优势，并且把它当成是一直存在的优势而放肆。

01

小琴是个可爱的姑娘，爱笑、爱吃，看她吃东西都是一种享受，似乎面条都能吃出美味西餐的感觉。她的男友是她的同学，上学时就喜欢她无所顾忌的感觉，一点不做作。

两人刚好的时候，他说他喜欢看她吃东西的萌态，看她吃得欢畅心情都会变好。她问他变胖了怎么办，他说胖了一样喜欢你。可后来，他们分手了，原因就是因为她吃到变胖。

或许是上学时长身体所以怎么吃都不胖，可后来却慢慢在变胖，他便讨厌起了她爱吃。小琴胖到身体走形后，他们的矛盾也比以往更多，最终分手。

可怜的小琴泪眼婆娑地讲他当初最喜欢给她买东西吃，说自己吃东西特别可爱。这个傻姑娘让我们心疼。朋友劝说她不该听信了他说喜欢，就不自制。

过了那段难熬的灰暗的日子，小琴又恢复开朗，而她也遇到了真心喜欢她的那个人，知道她喜欢吃，便为她合理搭配膳食，并告诫她要健康饮食的真命天子。

02

秋然天生丽质，皮肤白皙光滑，大眼睛柳叶眉，未施粉黛一样那么出众。追求她的人甚多，她选了幽默帅气的师兄。

师兄喜欢她素面朝天，特别真实；秋然觉得师兄不是个俗人，不喜欢花枝招展，浓妆艳抹，跟别的男生很不一样。他们幸福地坠入爱河，并且结婚生子。

带孩子真的是个很磨人的活儿，每天休息不好，孩子和家务让秋然忙得团团转。慢慢地，眼睛有了黑眼圈，还有了眼袋，甚至开始出现细纹，脸色发黄，每天看着都很疲惫。以前还会在乎穿衣，有孩子后衣服也是怎么舒服怎么来，每天家居服、运动装。

然后，秋然发现师兄加班应酬多了，周末也不喜欢陪她出去逛了。她的孤单他看不到，委屈的秋然跟师兄吵了结婚以来最严重的一次架，他的话让她震惊，他说她现在好像个老妈子，没有精神。

因为带孩子好久没跟朋友出去逛街的秋然约了朋友上街，朋友看到她被震惊，原先靓丽活力十足的秋然怎么变化这么大！秋然意识到，人们还是喜欢美好的事物，不是什么自然就是最美的，太真实了反而将他吓走。

后来的秋然慢慢改变，不再洗把脸什么都不擦，趁着孩子睡觉敷个面膜。孩子大些了便弄个儿童车带孩子和朋友聚会，还经常去公园玩，她又恢复了以往的活力，买了遮掩自己缺点的衣服、化妆品。好在也不是真的年纪大，现在的秋然和结婚前没什么区别，秋然看着改变后的自己又恢复了自信，师兄也愿意多陪她了，缓解了爱情危机。

打扮漂亮了自己看着也舒心，不必化大浓妆，必要的护理做好，就足以让人眼前一亮。女为悦己者容，不要听信男人喜欢素颜的你、真实的你而真的放纵自己，自毁形象。不是因为你劳累带孩子，当了妈妈，他便能接受你像换了一个人。

03

李旭是在学校辩论会上认识琪琪的，琪琪思路清晰的辩论，好听的声音，使得李旭仰慕。琪琪有修长的身材和清秀的模样，李旭奉其为自己的女神。

之后李旭便展开了疯狂的追求。他曾在送花的卡片上写道：希望以后的生活中都能听到你动听的声音。历时一年，最终他追到了琪琪。

热恋中的他们会在公园里讨论学习，在逛街时听琪琪讲有趣的故事，仿佛有说不完的话。李旭有时会静静地听琪琪讲话，看她又说又比画的洒脱、率真。可后来，琪琪的爱说也成了李旭的压力，因为爱情和生活中有时是需要闭嘴的吧。

听朋友一句玩笑话，或者和家人有了分歧，琪琪就会喋喋不休地跟他抱怨他们哪哪不对，有时很小的事，她能扩大到他们不尊重她、不喜欢她、在排斥她。她有自己的一套言论，还振振有词，李旭找不到反驳的理由，又不觉得都依着她的思路去处理就是对的，李旭只想逃避，不想听这些长篇大论。

生活中的东西该不该买，李旭是很随性的，想买便买。琪琪却能想很多，季节啊、用途啊，说出一大堆该买还是不该买的理由，李旭实在不想听这些有的没的。有时他会跟她说，不用想太多，买不买都听她的。可她觉得生活就需要多沟通、多交流。可在这些小事上那么认真地交流，真的使李旭吃不消。

谁也不希望在吃饭的时候好像开了一个养生频道，侃侃而谈地讲这个食物的好与不好，李旭会想：我吃就吃了，谁在意那么多呢！有时甚至有了争吵都是琪琪一个人在说，像有什么十恶不赦的大罪在批斗。

是女神放到生活中就改变了，还是他们之间本就不适合？李旭喜欢琪琪说话，却又因为她那么爱说而感到巨大的压力，没有了开始的轻松愉悦的场景。或许生活中琐事太多，最初喜欢的就没那么喜欢了，而喜欢的那些优点一旦放肆慢慢就变成了缺点。

当初有人说喜欢她的小性子，可后来也因为她过分任性而分手。喜欢他的潇洒不羁，却因为他总不着家而生气。喜欢他老实，却因为他不会甜言蜜语而恼怒。当初的喜欢不管是一时兴起，还是真的喜欢，都不能听之任之，放纵发展。万物都在改变，当初的顺眼放在生活中过于肆意了便成了不顺眼。

莫在爱情里迷失心智

女人要自己主宰自己的人生，不是谁都可以更改你的生活。
那些不忍放弃的，被迫放弃的，都是你人生的插曲，
是你历史长河中的故事，而不是事故。

爱情，很多是很唯美的，却有很多唯美的爱情在甜蜜中戛然而止，又有很多在热恋后分道扬镳，更有在过程中阴阳相隔。

失恋是件痛苦的事，可这并不是伤害自己的理由。有人为爱情钻牛角尖，伤人害己，用一切代价去发泄自己的不甘，甚至不惜伤害自己，更有为爱殉情的，可这又能挽回什么。

01

兰子是个气质出众的女孩，在一所中专上学，学校附近有个网吧，她和室友红没事会去那儿上网聊天，追剧，玩游戏。

红网恋了，兰子不信网恋，劝阻过红，红却说什么都有可能，人生就要刺激嘛。她笑着想想也是。某天放学，红拉着她去附近的餐馆，说在那儿等自己谈的网友，兰子觉得不靠谱，不要见了，红说就看下真人帅不帅，反正吃顿饭就回来。那是她们同学平时也会去的餐馆，也罢，见见就见见吧，不是好人就让红断了这份念想。不承想，迎接来的是兰子命运的改变。还真的是什么都有可能。

红的网友挺帅的，幽默健谈，并带了他的朋友昊天去。昊天也是个阳光帅气干净的男孩，吸引了兰子的目光，那顿饭吃得很开心。之后他们四人便总一起吃饭，也一起出去玩。在一次看电影的时候，昊天对兰子告白了，兰子在黑暗中羞涩地点了头。

不久，红从自己男友那儿知道昊天跟一群小混混挺熟，一块儿打过架，也谈过几个女朋友。兰子不太相信，也有些犹豫要不要去问昊天，昊天知道她的犹豫后跟兰子承诺以后不再跟他们来往，自己会跟兰子好好的，只爱她一个人。兰子看着他真诚的眼睛相信了他。

昊天也没有辜负兰子，周末就约兰子出去玩，还时不时给兰子买点礼物，室友都说兰子是淘着宝了，幸福得不要不要的。却不知，昊天还是勾搭了别的女生。之后的一场意外粉碎了兰子的爱情。

昊天勾搭的一个女孩被她男朋友撞上了，叫了朋友找昊天打架，昊天立马打电话叫了自己认识的小混混来，而对方却是带了刀子的，昊天他们都受伤了，混乱中昊天倒在地上，鲜血直流，送去医院后发现大动脉被割伤，抢救无效死亡。

红和室友们决定不告诉兰子，就说昊天回了老家，要过段时间回来。时间长了，兰子联系昊天问他什么时候回来，没有回音。问红和她男朋友昊天什么时候回来，怎么不联系她，他们都说不知道。兰子决定去昊天老家找他，红拦住了她，告诉他昊天已经过世。

突然的噩耗使得兰子从此一蹶不振。没事就抱着以前的礼物发呆，愣愣地坐在他们第一次见面的餐馆，一坐就是半天。之后便学会喝酒，去酒吧里瞎混，甚至跟人上床。

为了爱情，兰子堕落了自己。

02

美玲是个漂亮的少妇，老公是别人介绍的，不很喜欢却也不怎么排斥；没有多么幸福，却也没闹过多大的矛盾。

可她却遇到了郑杰，这个影响她一生决定的人。郑杰也有家庭，美玲知道不该喜欢他，可感情的事谁也控制不住。郑杰也欣赏她这种时尚事业型的女人，从开始的约她吃饭，慢慢演变成了情人。

都说恋爱中的女人是傻的，美玲也是，愿意为郑杰离婚，而郑杰也承诺离婚娶美玲。彼此就这么约定了下来。美玲的老公是个老实人，美玲跟他摊牌以后，他知道自己留不住美玲，给不了美玲想要的爱情，便放手成全了她，只在美玲出门时默默注视着她的背影。

美玲离婚了。

刚从民政局出来美玲就给郑杰打了电话，她说："我离婚了。"那头却是一阵沉默后问道："你真的离婚了？""是啊！我们结婚吧！""给我一段时间。"美玲答应了。

美玲租了个房子静静地等待郑杰的到来，可等来的不是郑杰离婚的消息，而是分手。他说放不下自己的家庭，他也喜欢美玲，却从没想过离婚，还说以后不要联系了。再打他电话已是关机。其实他已经辞掉了工作离开了。美玲脑中一片空白。跟心爱的人在一起的激动心情还没有平复就迎来了分手。

一个深夜，美玲点燃了家中的煤气罐，烧掉了她惊心布置的房间，烧掉了她所有的念想。而美玲自己也是 98% 的重度烧伤，再也没有醒过来，随着她的爱情而去。

她是家中的独女，父母没有人照顾，她的前夫便照顾起她的家人，而那个渣男再也没有出现过。她只报复了自己，报复了家人，任由伤害她的人逍遥自在。

美玲以这么激烈的方式结束了自己的爱情，却也没有放过自己。珍贵的青春、珍贵的亲情全部抛弃，只为这一段不美好的爱情。

03

能有美好的爱情自然很好，可没有了爱情也不是什么不能接受的事，或许下一个人才是你的真爱。人的一生不必执着于一次爱情，人生可以不止这一次爱情，人生亦不是只有爱情这一件事。

可以崇尚完美的爱情，也可以追求美好的爱情，但不要执迷其中，亦不要纠缠和强迫。那只会使我们廉价，使得结局更加不美好。

不管是兰子的执着，还是美玲的天真，都是恋爱中女人的常态，不过是在面对爱情中的变故心理的承受能力不同。现在的时代没有谁离开谁是混不下去的，也没有一定一生只钟情于一个人。不管他是有意还是无意离开，都应该放下；不管他是真的爱你还是骗了你，过去就是过去了，一定要理智地向前看。

女人要自己主宰自己的人生，不是谁都可以更改你的生活。那些不忍放弃的，被迫放弃的，都是你人生的插曲，是你历史长河中的故事，而不是事故。

不要遇见一个人，
就以为是整个世界

不管有多么爱，
请不要忘了自己和广阔的世界，
因为没人会帮你记得它们。

01

80 后的我或许真的老了。

公交车上，一对年轻的情侣忘情亲吻，娇笑声源源不断，我把头转向窗外，感觉有点不大舒服。

为什么呢？我不是一个古板守旧的人，年轻人爱得轰轰烈烈也没什么不好，更何况在这样一个四处开花的季节。

哦，是他们爱得太忘乎所以了！

他的眼中只有她，她的眼中也只有他，至于他和她之外的所有人，都仿佛变得不复存在。

这样的爱情，你是否也经历过呢？

02

S.H.E 红遍大江南北的时候，我们学校的课间广播经常放她们的那首 Super Star。

"你是电，你是光，你是唯一的神话，我只爱你，you are my super star。

"你主宰，我崇拜，没有更好的办法，只能爱你，you are my super star。"

在这样的气氛下，爱情的小火苗说着就着，几乎每个人心里都藏着一道"我爱某某"的填空题，而我的某某是同班的耿同学。

耿同学是个挺普通的男孩子，中等个，小平头，物理好，语文差，我相信每个班里都至少有一打这样的男生。

然而，情不知其所起，一往而情深，我对耿同学的爱是很认真的。

我为他叠过很多小星星，也说过很多傻话，我愿意整个余生都为他而活。

毕业之后，我继续读了大学，耿同学流落乡间，一场年少时候的爱情无疾而终。

一晃很多年过去，当年肆意歌颂爱情的 Selina 已经经历了一场惊心动魄的浴火重生，涅槃成为就算没有爱情也能微笑面对的人生赢家。

有一天，我回老家处理户籍的事情，骑电动车路过一家汽车美容店，看到一个久违的身影。

耿同学正拿着高压水枪冲洗一辆汽车，水花四溅里，是一场狼狈的重逢。

那一瞬间，用李宗盛的话来说就是，旧爱的誓言像极了一个巴掌，每记起一句就挨一个耳光。

若非这次重逢，我早把它们丢到九霄云外了。

最终，我狠狠心，加大马力，像躲避债主一样落荒而逃。

唉，我打算要为人家而活的时候，哪里知道世界有这么广阔美好呢。

03

把对方看做生命的全部，这样的爱情，放在少年时代还可以说是可爱，若放在成人的世界里，就是可怕了。

朱芸在宿舍里不大合群，因为她三句话不离"我男朋友"。

比如，你对她说："这次我买的苹果真好吃。"她会说，"多吃些苹果就是好，我男朋友偏不爱吃苹果，有一回……"

这样的聊天多了，大家就有意疏远朱芸了。

同寝室的朋友私下提醒朱芸，可朱芸满不在乎，只要她男朋友对她没意见，别人的意见又算什么呢。

朱芸对她的男朋友死心塌地。

通过零零碎碎的信息，大家渐渐了解到，朱芸在很小的时候就失去了妈妈，爸爸从此一蹶不振杳无音讯，是爷爷奶奶把馒头嚼碎了喂她长大的。从小缺爱的朱芸，一直盼望有一个温暖的家，后来她的男朋友给了她爱，给了她许诺，成了她幸福的全部指望。

出于理解和同情，大家接纳了这样的朱芸。

悲剧是在临近毕业的时候发生的，朱芸被男朋友分手，从高高的楼顶跳了下来。

朱芸白发苍苍的爷爷奶奶伏地痛哭，闻者无不落泪。

朱芸若是泉下有知，也一定幡然悔悟了吧。

04

爱情有时让人一叶障目。

著名的钢琴家傅聪在年轻时遇到一个姑娘，对他爱得如痴如醉，视他为整个世界。

傅聪的父亲得知以后，写信告诉儿子：

"对方把你作为她整个的世界固然很危险，但也很宝贵！你既已发觉，一定会慢慢点醒她；最好旁敲侧击而勿正面提出，还要使她感到那是为了维护她的人格独立，扩大她的世界观。像雅葛丽纳那样只知道 love，love，love 的人只是童话中人物，在现实世界中非但得不到 love，连日子都会过不下去，因为她除了 love 一无所知，一无所有，一无所爱。这样狭窄的天地哪像一个天地！这样片面的人生观哪会得到幸福！无论男女，只有把兴趣集中在事业上、学问上、艺术上，尽量抛开渺小的自我，才有快活的可能，才觉得活得有意义。"

未经世事的少女往往会存有一个荒诞的梦想，以为恋爱时期感情的高潮也能在婚后维持下去。这是违反自然规律的妄想。古语说，"君子之交淡如水"；又有一句话说，"夫妇相敬如宾"。只有平静、含蓄、温和的感情方能持久；另外是说，夫妇到后来完全是一种知己朋友的关系，也即是我们所谓的终身伴侣。

05

爱得太深，对对方而言也是一种负累。

最早认识雯婷的时候，佑军觉得她是个挺有趣的姑娘，她喜欢登山，喜欢看电影，对一些冷门的书籍也有自己的想法。

他被她所散发的生命力吸引，不自觉地靠近了她，他们最终走在一起。

佑军生性洒脱，无拘无束，而雯婷不一样，她一门心思地谈着这场恋爱。

兴趣广泛的她，如今只有一个兴趣，就是她的佑军。

她总是一个接一个电话地问他，上午工作忙不忙？中午有没有睡会儿？晚上几点回来吃饭？

佑军的耐心消磨殆尽，委婉地告诉她："你不要老担心我啦，你看，在遇见你之前的二十几年，我不一直好好的吗？"

这句话闯了祸，雯婷怀疑佑军不爱她了。因为她把他看得像空气一样重要，而他却说没有她也能"一直好好的"。

安全感骤降的雯婷加强了对佑军的监控，翻手机，看留言，动不动还来个查岗。

佑军快要崩溃了，他不知道那个能和他从诗词歌赋谈到人生哲学的姑娘去了哪里。

眼前的这个她，所有志向都只是和他在一起。

爱情确乎是一场结伴的旅行。

虽说相爱的人永远都顺路，可你也不必把手交给我，就含情脉脉跟我走。

世界那么大，人生的道路那么长，我是想和你一起看看的。

如果只是四目相对，旅行又有什么意义呢？

不管有多么爱，请不要忘了自己和广阔的世界，因为没人会帮你记得它们。

醒醒吧，直女癌

不仅有男人把女人看作商品，
也有女人把自己看作商品，
把身价看得高于一切，这就是直女癌。

01

我在微博里骂了一个直女癌，有网友看到了，天真地问我：只听说过直男癌，原来还有直女癌啊！

直男癌，我们都知道了，说的是那些把女性当作男性私有物品，习惯以奴隶主心态指点江山的歧视女性晚期患者。直女癌呢？说的是那些习惯把自己商品化和私有化，被人卖了还帮人数钱的弱智女人。

还是先来看看直女癌的微博是怎么说的吧。

"真心劝告一下那些穿着暴露的女孩子，你确定你和你男朋友是真爱？我平时穿得露一点，我男朋友都会生气，因为不想我给别的男生看见。"

我想说，你男朋友既然这么爱你，干吗不找块黑纱把你盖起来，免得被别的男生看到。

人权都被践踏成这样了还能保留满满的傲娇，姑娘心真大。

02

直女癌们"男尊女卑"的封建思想值得考究。

我上小学的时候，班里有个叫圆圆的女生总是穿得很寒酸，而她的孪生弟弟却衣衫齐整。

圆圆妈妈说，男孩子穿得破破烂烂会被人瞧不起。

到了上大学，圆圆的生活费只有弟弟的一半，但她不觉得有什么问题，她说，男孩子出门在外要广交朋友，手头没钱可不行。

圆圆就一直这么卑微地活着，后来嫁了一个凤凰男，生了一个儿子。

过年的时候我回老家，恰好见到圆圆，她看起来苍白憔悴。待我问起来，她悄悄告诉我，她刚做手术放了节育环，因为老公的老家政策太落后，没有节育证明宝宝就上不了户口。可是手术之后，她觉得很不舒服，腰痛得厉害。

我问她，你们还打算再要孩子吗？

圆圆说，头胎是男孩，不打算要了。

圆圆疲惫的神情里有了一点欣慰。我不忍心多说什么，只顾替她谋划起来。

男性做结扎要比女性做节育的副作用小很多，既然要节育证明，让你老公去医院吧，省得你这么痛苦。

圆圆支吾半天，说了一句：听说男人结扎会有心理阴影……

好吧，男人的心理阴影要比女人的腰痛重要很多。

03

我有一个闺密，和男朋友同居了。

她朋友知道后很不高兴，苦口婆心地劝告她：你傻呀，你将来还要嫁人，万一嫁的不是他，他一点损失都没有，你却要在未来老公面前背负一辈子的愧疚。

我闺密立刻和这个朋友绝交了。她说，我全心全意地爱一个人，到什么时候都不会因此而感到愧疚。

要是那个未来的老公把我看作一件商品，而不是一个有血有肉的大写独立的人，让他趁早去死好了。

不仅有男人把女人看作商品，也有女人把自己看作商品，把身价看得高于一切，这就是直女癌。

在直女癌的价值观里，女人是为男人准备的，而男人不是为女人准备的，从属关系毋庸置疑。

04

直男癌是一种恶，直女癌是一种蠢。

我有时觉得很同情，因为身边确实有一些女人，活得完全没有自我。

就像我从前的同事曲颖，她的存在几乎完全是为了诠释一个好妻子。

曲颖很累，家里老老小小的事情，她都事无巨细地操持着，而且把这看作自己的责任。

一年到头，只有三八节和母亲节，她能真正地休息两天。而这两个节日带给她的感动，足够支撑她一整年无怨无悔地付出。

曲颖是一个伟大的女人，我们应该写一百首赞美诗来歌颂她。

很遗憾，除了对家人的奉献，她的世界一片空白。

她有学识，但没有眼界。当知乎和豆瓣的小姑娘在讨论姨妈巾和卫生棉条哪一个更好用的时候，她说她感到羞耻和愤怒，并称她们是女人中的叛徒。

结婚了的女同事偶尔化个漂亮的彩妆，她也会私下嘀咕，都结婚的人了，心还没收起来，也不知道顾家，真不像话。

公司完成了一个大项目，于是全员喝酒庆祝，喝完酒还要一起去唱歌，曲颖打电话向老公申请，老公气呼呼地赶来把她拉回家。

我们都替她觉得委屈，一年到头就偶尔放松一下而已，也算是不守妇道？

可是曲颖一边向同事道歉，一边哄着生气的老公，急匆匆地回家了。

事后，曲颖辩解，聪明的女人，在外面要给足男人面子，这样，回到家里，他才会给你面子。

外人前的面子，和家人前的面子，哪一个更要紧呢？

更何况，面子是我自己的，我不想给别人，也不需要别人给我。

05

看到这里，有朋友要说了，哦，我明白了，直女癌就是那些非常传统非常保守的女人呗。

直女癌和保守不保守真没关系。

朋友公司以前有个前台，是个毕业没多久的小姑娘，不过她已经修炼出了识人大法，她打量你三分钟，就能把你的身家摸个大差不离。

小前台的口头禅是，青春是一种昂贵的不可再生资源。

抱着这样的观点，她在公司闯了祸。

她给一个跟公司合作的大客户发了暧昧短信，被原配夫人追杀过来了。

公司千方百计护住了这个涉世未深的姑娘，齐心合力编了一大堆故事，终于让原配相信，那不过是个玩笑。

送走客户的原配，朋友恨铁不成钢地问小前台，你到底怎么想的，你脑子进水了吗？

小前台竟然说，凭什么嘛，他开着雷克萨斯，可他老婆又老又难看。

原来，在直女癌的思维里，女性价值完全取决于男性视角，年轻貌美的女人自然比年老色衰的女人更值得付出。

所以，她觉得，有钱人娶一个丑妻，和穷人娶一个美女一样，都属于不公平交易。

把女性视作为男性而存在的商品，她简直希望女人们都能明码标价以求公平。

醒醒吧，直女癌！

为了对得起你受过的高等教育，你也应该承认，女性在任何一个领域都能做出与男性同等的贡献，也能拥有和男性一样独立的精彩。

世界是男人的，也是女人的。

女人自身的价值，从来都不必依附男人而存在。

无论爱情，还是婚姻，都是人与人之间平等的互动，而不是买家和卖家的现实交易。

PART 03

明明知道是枷锁，两个人却满面春风地
把手伸出来，这就是我们为什么要结婚

成熟的人，
拥有成熟的爱情

成熟的爱情就是，
没有你，我过得很好；
有了你，我过得更好。
你要走了，我们还能彼此拥抱。

最近着迷《太阳的后裔》，又开启了追剧模式。自己追不够，还要推荐给同事和朋友，免费给打起广告来：快看这部新出的韩剧，情节不拖沓，主角颜值高，故事跌宕，行云流水，而且，这部剧里有成熟的爱情！

01

什么是成熟的爱情呢？就像我在看这部剧的时候，朋友凑过来问我："哪个是男一号？"我指了指宋仲基。"哪个是女一号？"我指了指宋慧乔。"男一号喜欢谁？""女一号。""哦，女一号喜欢谁？""男一号。"朋友大吃一惊："那还有什么好演的？"

好吧，没有三角恋的爱情，演起来是这样的。

男一号问："下周一起看电影吧，好还是不好？"女一号干干脆脆地说："好！"

刚见一面之后，女一号拨通了男一号的电话，男一号问："你有我的电话号码？"女一号连矜持都没有，说："把我的号码存好！"

这种单选题式的爱情，作为旁观者我表示看得很爽。两个人直截了当地省掉了多余的纠结、猜忌和矜持，想了就约，爱了就说，开门见山，单刀直入，从片头到片尾，小三连面都露不出来！

欧巴宋仲基和美女宋慧乔带着他们自身的气场，从来不考虑你爱我还是爱他，你今天爱我明天还爱不爱我。他们笃信自己深爱的那个人和自己一样忠贞，他们关注的焦点都是对方的人生观和价值观，对方的灵魂和对待生活的态度。

成熟的人，所拥有的成熟爱情，大约就是这个样子。

02

去年天津爆炸，我的一位朋友向我描述，当时一声巨响，大地震动，谁也不知道发生了什么，混乱中的人们出于本能往楼下跑……我听到这里，迅速开启了爱情幻想模式，因为我知道，她是和她相爱多年的男朋友同居在天津的。相爱中的两个人，经历一场这样的混乱，患难里的真情，拍一部倾城之恋也够了吧。

她听了我的胡扯，正色说道："我们各跑各的。"

居然是各跑各的？电视剧里的情节，情侣们在炸弹面前不是都要相互谦让吗？你先跑！还是你先跑！你若不跑，我坚决不跑！我绝不会丢下你！最后两个人都被炸死了。

在成熟的爱情里，我们彼此独立，彼此信任，把自己看得和对方同样重要，并且追求两者共同利益的最大化。

面对从天而降的灾难，各跑各的，比起牵着手逃命，成功率要高很多；相爱的两个人，无论谁活下来都值得庆幸。

如果不是两个成熟的个体，不是一段成熟的爱情，可能逃命之后，就会有一个傻乎乎地哭道："你为什么只顾自己，不管我？！"

我们需要这样的爱情，有对彼此的足够信任，也有一起面对问题时的足够理智。

03

我还知道一个故事，听起来似乎和上一个南辕北辙。

他和她都是地质勘测员，有一回，他们在荒凉的大西北发现了神秘的天然地穴。勘探队放了检测仪器下去，居然反馈不到任何信号。

这时候，如果有专业人员下去一探究竟，对地质研究来说有着重大意义。他是勘测队的骨干，无论考虑技术还是经验，他都应该主动请缨。

她知道他要去，对他说："我陪你。"

此言一出，周围人纷纷劝阻，此去吉凶未卜，生死难料，何必让两个人冒险。

他却说："好。"

他们一句废话也没有，像往常一样安静地陪伴着彼此。

他知道，她不会让他只身涉险。她也知道，他不会让她孤立无援。既然是生死抉择，他们还需要讨论什么呢？

何况，他和她都清楚，无论在谁的心中，真理、荣耀和陪伴，都比生命更重要。

成熟的爱情，拥有无须多言的默契。

舒婷早在《致橡树》中就讨论过爱情的样子：

不是谁攀缘了谁，不是谁歌颂了谁，不是谁滋养了谁，而是两个高大独立的个体，有着相同的信仰和姿态，像木棉和橡树一样，彼此独立，相互致敬。

04

当 Selina 和阿中宣布离婚，舆论第一时间猜测，是不是因为有第三者啊？是不是因为病情拖累啊？

看多了幼稚的偶像剧，我们习惯性地去揣摩，谁依附着谁，谁又背叛了谁。而 Selina 声明，这是两个人慎重考虑的结果，是对彼此都好的选择。

成熟的人已经好聚好散，幼稚的人还在挑拨离间。

Selina 和阿中都是勇敢的，他们都敢于正视自己的内心，没有因为外界的看法而逢场作戏地纠缠一生。

在成熟爱人的眼里，我很重要，你也很重要；我们在一起如何共度一生，尤其重要。

成熟的爱情，未必是成功的爱情。除了幸运地与子偕老，我们还能在爱情出现问题的时候勇敢面对，彼此告白，绝不浪费生命沉浸在无谓的情绪里。

即便分手，也不是对彼此的心生厌倦，更不是对旁人的见异思迁，而是我们在自由成长中的渐行渐远。

成熟的爱情就是，没有你，我过得很好；有了你，我过得更好。你要走了，我们还能彼此拥抱。

我们为什么要结婚

明明知道是枷锁，
两个人却满面春风地把手伸出来，
这就是我们为什么要结婚。

01

我的朋友阿棉一直到将近三十岁也没想明白一个问题，那就是"人为什么要结婚"。

三十岁那年，阿棉禁不住朋友的劝说和家人的催促，终于稀里糊涂地结了一个婚。我以为这下她对婚姻应该恍然大悟了，可不到两年，她离婚了，并且告诉我，她依然不知道人为什么要结婚。

阿棉说，你看，两个人谈了场例行公事的恋爱，然后穿上平时打死也不会穿的西装礼服，站在仿制的巴黎铁塔前，摆出古怪僵硬的姿势，摄像师说"笑"，就傻乎乎地笑了……这之间到底是什么因果关系？

不仅如此，结了婚的人还要昭告天下，这个人是我的，所有与他有关的事，你都可以来问我。如果他中了彩票，那他理所应当分我一半。如果他突然住院急需抢救，医生也要得到我的签字才行。如果他不幸去世，我甚至有权决定是不是捐献他的器官……说到这里，阿棉简直要崩溃了。

如此看来，结婚还真不是一件小事儿。

02

有人说，结婚是为了安全感。

那一年的盛夏，徐力闻到隔壁人家传来阵阵恶臭，其实气味在几天前就有了，只是没那么浓重。随着气味越演越烈，徐力再也忍无可忍，打通了物业的电话。随后，物业联系房东，房东联系警察，在警察陪同房东开门的瞬间，徐力经历了人生中最为惊恐的一幕，他独居的邻居已经意外身亡，躺在家中多日无人知晓。

这件事对徐力触动很大，他迅速搬离了那里，还迅速结了婚。

徐力婚后的生活平静稳定，但徐力的妻子葛红对他们的婚姻并不满意。

徐力无法理解，车子，房子，他们什么都有了，还能相互照顾，她究竟有什么不满意？

她说，是婚姻让我缺乏安全感。

这话怎么讲呢？

葛红说，很多时候，我不知道我们是因为结婚而在一起，还是因为相爱而在一起。换句话说，如果我没有结婚，那么我确定跟我在一起的人是出于发自内心的喜欢。而婚姻，让我对这一点没有把握。

不怪葛红想得太多，徐力在婚姻中确实没有表现出足够的爱意，他务实，苛刻，斤斤计较，虽说是结婚，其实他们更像是在搭伙过日子。葛红觉得，把自己换成随便另一个人，徐力也能在他的婚姻生活里自得其乐。这样的婚姻，让葛红心里没底。

为了安全感而结婚，结果连婚姻本身都缺乏安全感。

03

90 后的孟杰和晓晓打算只谈恋爱不结婚。

他们的理论是："既然结了婚还能离婚，干吗要结婚呢？喜欢就在一起，不喜欢就分开，这样既省事，又更符合爱情的要义。"

晓晓的妈妈问她，你就这么确定他能永远和你在一起？万一哪天你病倒在床上，他一溜烟跑了怎么办？

晓晓振振有词地说：要是他愿意照顾我，怎么会跑掉？要是他不愿意照顾，我把他拴在身边有什么用？

晓晓妈听了恨不得打她一顿。

后来，晓晓意外怀孕，为了孩子的户口，他们该去民政局领个证了。

孟杰心里很不乐意，不是说好了不结婚嘛？

晓晓说，还不是为了孩子，实在不行，咱结了婚再离也行啊。

就这样，他们结婚了。

婚后，充斥着奶瓶和尿布的日子让孟杰缺乏耐心，他忍不住问晓晓，咱什么时候去离婚啊？

晓晓大吃一惊，他居然还在惦记着离婚的事儿。

可是，我们为什么要离婚啊？

孟杰支支吾吾：咱不说好了吗，拒绝接受婚姻束缚，你这出尔反尔，不算是骗婚吗？

都到骗婚的份上了，还有什么好说的，晓晓果断起诉离婚，她发现婚姻的好处是，法律给孩子确保了一份抚养费。

至于他们离婚之后无拘无束的爱情生活，孟杰和晓晓都没有再提。

无论结不结婚，生活都免不了柴米油盐，所谓非婚主义的洒脱和浪漫，很多时候是根本没有准备好投入现实的生活。

04

随着社会功能的健全，家庭功能变得越来越无关紧要。

洗衣？小区里干洗店，洗得又快又好。做饭？动动手指外卖就能送上门，八大菜系任你挑选。陪护？家政公司的阿姨好像更专业一点。生孩子？可以到福利院领养。

在这样的大背景下，阿静越来越觉得婚姻如同食之无味的鸡肋。

阿静和男朋友刚子已经相恋八年，但她还是不着急结婚，刚子就陪她不温不火地走着。

第八年的时候，阿静身体不适，被查出患有骨髓异常综合征。

这种复杂的血液疾病，让阿静迅速地衰弱下来，医院多次发出病危通知书。

刚子停掉手里的一切，变卖家产救她，甚至沦落到街头乞讨。经媒体曝光后，他们的爱情感动了很多人，四面八方纷纷伸出援手，凑齐了阿静的手术费。

手术的前一天，刚子和阿静在病房里举行了简单的婚礼，宣布无论生老病死，永远不离不弃。面色苍白的阿静穿着婚纱，笑得非常幸福，围观的人却都哭了。

婚姻真的是一个说复杂非常复杂，说简单又非常简单的东西。

有人说，我们为什么要结婚？

也有人说，我们为什么不结婚？

婚姻本身确实没有多大的功能，因为它所能提供的承诺和保障，完全可以被婚姻以外的东西替代。而且，婚姻本身是脆弱的，几乎经不起任何顽固的挣脱。从这个意义上来说，婚姻不过是一场自欺欺人的美梦。

然而，婚姻的美妙之处在于，做梦的人并不认为自己是在做梦。

情到深处，连喝水都是甜的。

还有什么比一场两情相悦的婚礼，更让人相信爱情呢？

婚姻真的没什么用，它的价值更多在于表达了一种心情，那就是：亲爱的，我爱你，我希望和你在一起，我相信我们能永远在一起。

明明知道是枷锁，两个人却满面春风地把手伸出来。这就是我们为什么要结婚。

从唠叨中发现关爱

愿意唠叨你的人也是你生命里的贵人，
一生能有个为你说这些话的人便足矣。

恋爱里可以不必都是温暖的情话，有些情话说出来可能没那么温柔，却一样带着温暖；更有一些是训斥，却一样暖人心头。看似抱怨的一些话，带着无奈的语气，实则其中带了多少宠溺。

01

曾经和我们一块儿住的房东太太人特好，对我们像对自己孩子般慈爱。经常会包饺子时叫我们一起吃，还会在旅游时带一份纪念品给我们。

但她比较粗心，平时丢三落四，交电费忘带电卡，取钱不记得密码，还常常忘带钥匙。每次找电卡都能听见她给她的先生打电话问。我曾劝过老太太，要不要备注在手机上，免得总忘。她则不在意地说："没事，有老头呢。"老先生则无奈地笑道："真写下来估计她也找不到，哈哈。"在我们看似如此麻烦的生活方式，他们却是乐在其中。

他们直接彼此称呼老头老太太，实则还不到六十岁。每每都能听到他们屋传来的叮嘱声："鱼过十分钟就好了，别忘了，我出门买醋了。""今天天有点冷，多穿点衣服。""眼镜给你放电视抽屉了，扔沙发上不怕坐碎了！"……好像在照顾小孩子，听着特温馨。

有一天，老先生扶着老太太回来，而老太太脚上缠着绷带。我们忙问："这是怎么了？"老太太不经意地说："东西砸的，没事。"

老先生则着急地说："这还叫没事，早说不得劲去医院看看多好，非觉得没事，结果呢，肉坏死了，清理腐肉弄成这样，还得我给你植皮。""还得植皮？这么严重了？""没事，就一小块，就是我这黑皮肤给衬她那白皮肤上也太搞笑了，哈哈。""就用你的，黑就黑，哼！"老太太小孩般跟老先生偏。"那更好，你脚上还有我的标记。就是还连累我跟你受罪，真是上辈子欠了你的……"两口拌着嘴进了屋。

虽不是让人感动到落泪，却都是他们下意识的想法，一个愿意，一个相信他愿意。就这么简单的幸福，带着埋怨，却心甘情愿。

有的人不会说什么浪漫的情话，表现出来的却都是刻在骨子里的爱，实实在在的爱。

02

我二哥二嫂都是老师，二哥教初中，二嫂教小学。我哥同事的老婆和我嫂子是同事，两口子撮合了我哥和嫂子。

老师本身就是说话多的职业，而嫂子可能每天跟孩子接触得多了吧，诸多的不放心，对我哥也是叮嘱这个叮嘱那个，又是嫌他邋遢，又是嫌他不好好吃饭，反正话很多。我哥只乐呵地听着，不言语。开始我觉得我哥脾气真是好，直到我哥跟我讲到一件事，我才知道二哥在嫂子心里有多重要。

那时候的二哥刚订婚，虽没结婚，可二嫂就在我们村教学，所

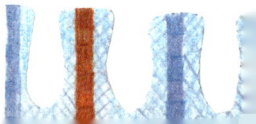

以平时也都是住我们家的。那是个周末，天气热，两人在大门外凉快，聊着天。我家屋外搭了棚子，有些支架已经生锈了，都说着话，没注意上边有什么动静，上边一根钢筋滑落了下来，是竖着下来的，很是危险，正下方坐着我哥。嫂子在侧面最先看到，没时间跟我哥说，扑过去就推倒了我哥，很像电视剧里的情节，却真实发生了。钢筋刺到嫂子小腿上，鲜血直流。我哥说："你傻啊，戳了我不比戳你强啊，你那么怕疼！"嫂子嚷道："不是怕戳你脑袋，给戳傻了么?！"我哥赶紧带嫂子去医院，好在没什么事，只是瘸了一段时间才养好。嫂子虽然嘴硬不肯承认是为我哥挡的，行动却比语言更真诚。

我哥总说，说几句又不会怎样，何况是为我好。大路上来往的人那么多，谁愿意过来说你几句？想想还真是，谁会无缘无故来说你，得罪你不说，还耽误自己工夫。只有真正关心你的人在乎你的人才会不厌其烦地说你，而且知道说了你也不会离她而去。

03

记得一个哥们十分讨厌妻子的管束，那三五不时的电话，让他在朋友面前很没有面子。每次接电话朋友都会闹他："妻子又来电话了？"于是他开始不接妻子电话。回到家妻子问道："为什么不接电话？"他没好气地说道："哪有那么多为什么，你总打电话干吗？好烦！"妻子意识到自己的关心在他眼里是种累赘。

之后，她便越来越少打电话。这哥们觉得真是轻松，没有了烦人的唠叨。和哥们一块吃饭也不会因为晚回有人催促。可当他看到自己的朋友一会儿这个一会儿那个地接到电话悄悄离席好言哄老婆时，他突然感觉到了孤单，有老婆的叮咛原来也是种幸福。于是他给妻子打了电话，说一会儿就回家了。妻子哦了一声，说自己已经睡了。

不知道从什么时候开始她已经不关心他什么时候回家了。他知道自己凉了妻子的心，便做起了那个关心妻子的人。这时他才意识到，只有心里满满的都是你，才会担心你，挂念你。而他醒悟得及时，又过回了相爱时的日子。

04

好多人会厌烦一个人在旁边的唠叨，可这何尝不是一种幸运。这是我们周围都会有的生活，愿意唠叨你的人也是你生命里的贵人，一生能有个为你说这些话的人便足矣。在这样的物质社会，真心已是寥寥无几，爱情更是掺杂了各种杂质，这样单纯的爱是我们追求的，也是难得的。没有多少人会惯着你，所以当遇到时便是你的福分。

两个人一个容纳另一个的小性子，一个愿意为你的生活操心到每一个细节，相濡以沫，牵住她的手，一生细水长流地把风景看透，这样的爱情更让人觉得真实。

只要有你在身旁，
我并不需要什么天堂

亲爱的，如果你已经来过，
能不能留下来陪我，
一起看日出日落？

LUCAS GARDEN

佛家总说，我们应该放下屠刀，也应该放下执着。或许屠刀是害，执着是爱，人生在世，能放下的是屠刀，放不下的却是执着。所以，我们终究不能成为那个看破红尘无所不能的佛。如果说无欲则刚，那你一定是我的软肋。

01

有一个盲姑娘，靠卖花为生。一个男子，每天都来买一枝花。盲姑娘想，他一定有一个深爱的她，所以天天买花给她，那真是个幸福的姑娘。

就这样，盲姑娘每天把象征爱和祝福的花朵递给他，并在心里默默描画他们幸福生活的场景，有时想得真切，笑意就漾在了脸庞。

后来，盲姑娘得到了一笔善款，又看到了这个世界，这时她很想看一看，那个买花人的模样。可是，她望着川流不息的人海，心中有一点失望。因为每个人都匆匆忙忙，像在急切地寻找丢失的天堂。

于是盲姑娘闭上了眼睛，像往常一样摸索着卖花。忽然，她听到了那个熟悉的声音，竟不知为何心中小鹿乱撞。她强作镇定地把花递过去，悄悄睁开了眼睛，她看到他正弯腰把花放回她的花篮，小心翼翼地像个虔诚的教徒一样。

她的失望一扫而光，而他也成了她的天堂。

可惜，我们终究不是那个执着又聪明的卖花姑娘，我们用眼睛看到的太多太多，一不小心就是错过。

如果我背起了行囊，如果我说要去远方，那不过是一场逃离和一场流浪；如果你能留在身旁，我根本不需要什么天堂。

02

一个女孩感到生活越来越平淡，于是她鼓起勇气对男孩说："我感到厌倦了，要不我们分手吧。"整整一个晚上，男孩都只抽烟不说话。女孩的心也越来越凉，她想："连挽留都不会表达的爱人，能给我什么样的快乐？"

过了好半天，男孩终于问她："我要怎样做你才肯留下来？"女孩想了想说："你要回答一个问题，如果你的答案能让我满意，我就留下来。"女孩的问题是："如果我非常喜欢对面悬崖上的虎耳草，而你爬上去摘要冒很大的风险，你会不会摘给我？"男孩想了想说："明天早晨告诉你答案好吗？"女孩答应了。

第二天早晨醒来，男孩已经不在了。女孩忽然紧张起来，她想，他一定去摘虎耳草了，而且很可能会摔死。想到这里，女孩后悔莫及，她一边哭一边往外跑，跑到路上，却遇到了男孩，他正拎着他们的早餐。

男孩擦了擦她的眼泪，说："傻瓜，我怎么舍得丢下你，去摘一把虎耳草呢？我并不是胆小鬼，不愿意为你冒险，只是我还想留在你身边，陪你度过每一个平凡的日子。你喜欢用电脑追剧，把程序弄得一塌糊涂，然后对着键盘发火，我要留下来陪你，帮你修理电脑；你喜欢逛街，出门却经常忘记带钥匙，我要留下来陪你，好及时给你开门；你酷爱旅游，却连在自己的城市里都常常迷路，我要留下来陪你，当你的导游；你每月大姨妈光临都会全身冰凉，还不敢碰凉水，我要留下来陪你，做你的手动洗衣机；你有时很宅，一天到晚盯着屏幕，我怕你视力会早衰，我要留下来陪你，成为你随叫随到的顶级护工……我要拉着你的手，走过人生的春夏秋冬，那比用一把虎耳草来证明的爱情，不是好很多吗？"

女孩早已泣不成声，因为她已经明白，那些虚无缥缈的幻想，和他的陪伴相比，根本算不了什么。

03

你我是天地之间的一粒微尘，世界终将把我们遗忘。面对时光的浩瀚长河，每个人都无力对抗，唯有在我们存在的这个刹那，我们彼此相爱的点点滴滴，是对天堂最好的诠释。一花一世界，一叶一菩提。当你照亮了我，当我温暖了你，我们是彼此的星辰月光。

我愿意只羡鸳鸯不羡仙，我愿意爱江山更爱美人，我愿意珍惜和你在一起的分分秒秒，执子之手，琴瑟相和。谢谢你能在这里，给我尘世所有的欢乐，只要有你留在身旁，我可以不要什么天堂。

你像天空里的一片云，偶尔投影在我的波心，人生的际遇不可捉摸，亲爱的，如果你已经来过，能不能留下来陪我，一起看日出日落？

爱，才会甘于付出

世间哪有什么贤妻良母，
不过是她甘于为爱付出罢了。

01

有人问我，为什么只有女人节，没有男人节（问这个问题的普遍都是男性）？我反问他们，那你知道为什么女人节要紧跟在三月五日学雷锋日之后吗？因为女人对社会和家庭的无私奉献，都与雷锋精神如出一辙。

幼时玩耍，我曾在仓库里发现一本年代久远的相册，翻开破旧而且布满灰尘的封皮，我看到一个梳羊角辫的小姑娘正站在主席台上。她似乎是我，又似乎不是我，于是，我拿着相册，跑去问妈妈。

妈妈望着照片，陷入美好的回忆，脸上也泛起少女一般的微笑，告诉我："这是我小时候的照片，那是在参加演讲比赛呢。"

我大吃一惊，因为我眼中的妈妈，不过是一个会烧菜会砍价，懂得怎么照顾家人的中年妇女，她怎么可能曾经那么小小的，梳着羊角辫，还参加演讲比赛？

我妈妈是公认的贤妻良母，她孝敬双方老人，做事温柔体贴，长辈们没有一个不夸赞她的。她对丈夫全心全意，有时候他喝得醉醺醺回来，她也只是心疼他忙于应酬，轻易不会发火。如果非要说她有什么缺点，就是对孩子过于疼爱了。她总是相信孺子可教，苦口婆心地讲道理，轻易不打骂我们。

她的好我们都知道，并且习以为常，好像她生来如此，好像她原本就是为我们而生。

原来，在我们走进她的生命之前，她也曾有属于自己的美好。只是后来，她忘记了自己，成全了我们。

都说男孩要穷养，女孩要富养。女孩们在成家立业之前，哪一个不是公主？可是为了一个他，走进一个家，女孩们纷纷变身女超人，当起了贤妻良母。

02

我的女伴 S 从小怕狗，有一回我们逛街，她突然大叫有狗，快速闪到我们身后。我们定睛一看，原来是只身长三十厘米左右的土狗。这件事成了 S 的一大笑柄。

很多年后，我们和 S 一家在沙滩上漫步，S 的小儿子忽然惊喜地喊道："妈妈，你看，小狗狗！"不远处，正有谁家的牧羊犬在撒欢，朝我们这边奔跑过来。

揽着我胳膊的 S 身体僵硬了一下，但她非但没有躲起来，反而马上向前跑了两步，站在儿子身边，说："是呀，好可爱的狗狗。"

我私下笑她，何必呢，怕狗并不是什么丢人的事。

她认真地回答我："我故意在儿子面前表现得不怕狗，并不是担心丢人。你想，如果我表现得很害怕，就会给儿子传达错误的信息，让他以为狗是很可怕的东西，然后他就会变得和我一样怕狗。而且，我要站在他身边，这样才能在关键时刻确保他的安全。"

为了家人，她已经不再是当年那个怕狗的小姑娘了。

03

我的大学同学，有一对情侣，男的叫阿诚，女的叫阿萱，他们都是学服装设计的。

毕业两年后，他们结婚了。那时候经济不景气，阿萱怀孕待产，阿诚所在的公司却倒闭了。

迫于形势，阿诚决定创业，起早贪黑地奔波劳碌。而阿萱所能做的，也只能是一个人去做产检，一个人去学胎教，尽力不给阿诚添麻烦。

万幸的是，阿诚创业成功了，阿萱也顺利生下孩子，一切都恰如人意。后来，阿诚的事业做得风生水起，阿萱也把孩子教育得聪明乖巧，又过了三年，他们的孩子上幼儿园了。

这时，阿萱向阿诚提出，想去上班。

阿诚心里不大乐意，因为他一点都不需要阿萱赚钱。他对阿萱说，我对你的要求，就是做一个贤妻良母。你执意去上班也可以，但如果你把家里弄得一团糟，那就是你的失职。

阿萱很想去上班，赶紧向阿诚许诺，自己会做得很好。就这样，阿萱终于重返职场。

有一天，阿诚惦念着孩子的生日，所以提早下班回家。路上，他看到一个女人，踩着尖尖的高跟鞋，提着一大包蔬菜和生活用品，正吃力地走着。这个身影，他再熟悉不过了。

他加大油门赶过去，没好气地冲阿萱喊："上车！"

他问她："你就那么愿意上班？"

她说："我怕我再不上班，会离你越来越远，再也跟不上你的脚步了。"

他一下子心疼了，她踩着职场女性的高跟鞋，还拎着家庭妇女的菜篮子，还想要跟上他的脚步，怎么能不辛苦？

而原本，他们不是站在同一条起跑线上的吗？不是有同样的资格去追逐梦想吗？

04

你眼中的贤妻良母，是背着壳的蜗牛，是自甘折翼的天使。她们并非生来如此，只是因为心中有爱。

如果不是因为心中有爱，谁会愿意搁下梦想，去做你停靠的港湾？谁会愿意摘下公主的桂冠，学着委曲求全？世间哪有什么贤妻良母，不过是她甘于为爱付出罢了。

你看她照顾老公事无巨细，教育孩子亲力亲为，侍奉老人责无旁贷；她看起来那么强大可靠，是无所不能的女超人。当你看惯了这一切，是否还能记起，她原本娇憨可爱无忧无虑的样子？她成全了所有，却唯独委屈了自己。她们不是没有机会，她们不是没有能力，只是她们心中爱的分量更重。

所以，男人们请珍惜牺牲了自己的追求，帮你打点生活的贤妻良母。

谨以此文，再次向每个月都会失血几天，又总能满血复活的可爱物种致敬！

以结婚为目的的谈恋爱

都是耍流氓

为了结婚而谈恋爱，
就像为了拍照而旅行，
流于形式和目的，
缺乏实质和感情，
纯属耍流氓！

01

周末一大早，我就被电话吵醒了。

电话那头，灰灰问我："姐，你说我今天还要不要去见人家啊？"

我想起来了，前些日子，灰灰告诉我，她刚认识一个男孩，对她非常热情，又是送花又是约会，恋爱攻势凶猛。作为旁观者，本人早就看不惯那些拉拉扯扯勾勾搭搭的暧昧高手，所以一听对方这么清晰明朗的态度，感觉挺靠谱的，当下差点替灰灰拍板。

可是，灰灰在电话里说，压力好大，完全不知道该怎么办。回应热情一点，怕对方乘胜追击，立刻确定恋爱关系；回应冷淡一点，又怕对方灰心丧气，从此不辞而别。自己简直像站在天平中间，一步也不敢动了。

"哦？"我问灰灰，"对方很着急吗？"

"是呀，"灰灰说，"他想要找个人年底结婚。"

灰灰的纠结就在这里。一方面，男孩表现得很好，对自己也不错，所以她很舍不得错过他。另一方面，相识的时间有点短，还有很多不了解，感觉还没到谈婚论嫁的程度，所以慢吞吞不想往前走。

"原来如此，"我问灰灰，"要是你今天拒绝了他，你觉得会怎么样呢？"

灰灰想了想说："那他肯定会立刻从我的世界里消失，而且我还会觉得欠了人家好多人情。"

"这怎么说呢？"

"人家请我吃饭看电影，还买了花给我呀。"

"没良心，"我骂了灰灰一句，"我也请你吃过饭看过电影，也没见你嫁给我！"

灰灰终于笑了，说："咱俩谁跟谁。"

灰灰最终决定不去见他了。因为一个人在和你吃饭看电影的时候究竟带着多少目的性，其实你心里是很清楚的。

连一顿饭都让你耿耿于怀的关系，真的适合谈恋爱吗？

02

婚恋网站做推广的时候，经常挂出一些俊男靓女的照片，标出"诚心寻找结婚对象"的旁白。

奔着结婚而谈恋爱，看起来是件诚意满满的事。

优优谈过一场这样的恋爱。

她至今忘不了那个情人节，在烛光晚宴的餐桌旁，男朋友拿着戒指在她面前单膝下跪。

优优的心怦怦跳着，这正是她从小就期待的爱情场景，美好得像童话一样。

然后男朋友开口说话了，他说："亲爱的优优，我一直在寻找这样一个人，她可以不美丽，也可以不聪明，但她一定温柔贤惠，孝敬父母，就像如今我眼前的你一样。我相信，我和这样的你在一起，一定能够拥有一个幸福美满的家庭……"

后面关于"幸福美满的家庭",优优已经听不下去了。她再也没有原谅他,因为他打碎了她童年的美梦。

有很多次,优优回忆起来的时候,都后悔没有当场回答他:这样的人一点也不难寻找,在家政服务公司有一大把呢。

而她的男朋友,一定也感到困惑和委屈:比起那些始乱终弃的渣男来说,我认认真真跟你谈了一场想要结婚的恋爱,我错了吗?

喜不喜欢是一回事,合不合适是另一回事,但喜欢应该才是恋爱的基础。

当你满心欢喜地衡量我对未来家庭的贡献的时候,你敢说那是爱我?

如果你不能把我当作一个人格独立的个体来欣赏,请离我远一点。

03

有一种恋爱叫作:我该找个人结婚了。

想要结婚的原因有很多,比如寂寞,比如年纪,比如我妈让我结婚。

偏偏没有一个原因是"我爱你"。

这样的爱情,往往看起来稳定扎实,实际却不堪一击。

我的大学同学桑雪有过一个门当户对的男朋友。

就在他们婚礼的前一个月，桑雪出了一场不大不小的车祸，一辆酒驾的车横冲而来，所幸没有酿成惨剧，只是导致她骨盆裂纹。

男朋友说，为了让她安心养伤，决定把婚礼推迟。

男朋友这么体贴，桑雪觉得很感动，怎么会不答应呢。于是她挨个通知亲友，计划中的婚礼暂时取消。

桑雪没有想到，这一取消，不是暂时，而是永远。

因为医生说她最近两年不能要孩子，而她的男朋友原本是打算这两年要孩子的。

他的眼里只有他计划好的人生路，至于和谁一起走，好像并不重要。

他连两年都不愿意等她。

桑雪觉得非常震惊。她不过是受了一点小伤，如果她被撞得半身不遂，他会怎么样呢？

而这个人，是口口声声要跟她结婚的人啊！

她曾经是他婚姻的最佳人选，现在不是了，仅此而已。

至于爱情，它真的来过吗？

04

林心如之前接受采访，曾说自己是不婚族。

但不久之后，林心如和霍建华忽然传出恋爱消息，并表示不排除有闪婚的可能。

于是，有人在哈哈一乐的同时也较真：大骗子，明明说过不婚的，现在又说可能闪婚！

其实，好的恋爱就是这样，在它发生之前，我没想结婚；在它发生之后，我迫不及待地想要结婚。

钱钟书对夫人杨绛也曾说过类似的感受：没遇到你之前，我没想过结婚；遇见你，结婚这事我没想过和别人。

说起杨绛，我不得不提一句。

最近大家都在追悼杨绛，并尊称她为"先生"，这当然是因为她的才学和品行。

而就我个人而言，仍然愿意称她为杨绛女士。因为她对待爱情和生活，都具备一个聪明女人的慧根。

杨绛女士年过百岁的时候曾说：在物质至上的时代潮流下，想提醒年轻的朋友，男女结合最最重要的是感情，双方互相理解的程度；理解深才能互相欣赏吸引，支持鼓励，两情相悦。我以为，夫妻间最重要的是朋友关系，即使不能做知心的朋友，也该是能做伴侣的朋友或互相尊重的朋友。

两个灵魂之间的相互吸引，才是爱情前行的动力。

爱情到了自然而然的高度和境界，婚姻就来了。

先有爱情，后有婚姻，那是成功的爱情。

相反，为了结婚而谈恋爱，就像为了拍照而旅行，流于形式和目的，缺乏实质和感情，纯属耍流氓！

PART 04

爱与被爱，永远都是一件至关重要的事，
稍微不慎，就可能赌上一生的幸福

别让处女情结毁了爱情

亲爱的想爱的人们，都别担心，
爱里没有公平；
爱里除了爱，就只有更爱了。

01

我们在谈论"处女情结"的时候，如果你不是抱着一个批判的思维，只是传统而单纯地认为处女等于纯爱，我要一个纯洁的女人给我一个纯粹的爱，所以我不能要个不是处女的人来当老婆。那我在某种程度上，还是愿意原谅你的，不是原谅你对处女情结的坚守和认可，而是原谅你狭窄的思维。

其实这样想的男人是可怜而愚蠢的：他怎么会认为，非处女的人就等于不纯洁；非处女的人，就不能给他纯洁的爱呢？

还是他在根本上，就错理解了"纯洁的爱"，只是单一地以女性是否是完封之身来判定那个她是否纯洁。其实他所在意的，是性爱是否纯洁，而不是爱情是否纯洁。

难道她现在心里是否只爱你一个人，不比她曾经爱过谁更加重要吗？

许多女性会说，为什么我们要有那张膜？为什么我们要被那张膜去判定我们整个人如何如何？为什么男人怎么样都无所谓？退一万步来说，为什么男人不能像女人一样？这样即使他们要以此来鉴定我们，我们也可以以此去鉴定他们。但事实是，他们只会站在道德制高点，用他们习惯的强势蛮横去评断是非。不是处女怎么样，就该被千夫所指？不是处女，就不能被爱了吗？我们什么都做不了，这不公平。

男性也不是没有他们的说法，女人该有女人的样子，你要喝酒侃大山，你要说荤段子说到把男人都弄到害羞，甚至你要以阅过各种男人为荣也是你的选择，我敬你是条女汉子，可最多也就到此为止了。凭什么我们男人就要赚钱养家，凭什么我们男人就要买车买房，一样都是爱，为什么我们要爱得这么艰难，为什么要用金钱来衡量我们是否有爱的资格。这些我们通通承担下了，那么我们想要个简单纯洁的女人，想要拥有她第一次的夜晚，这个条件很苛刻吗？你们说我们还是不够爱，真爱不会只爱女人的身体，那么我爱女人的身体，想要她的第一次，那就不是真爱了吗？是不是我要自己的女人不要给我她的第一次，那样才是真爱？

这不公平。

男人和女人，都觉得这个话题对他们不公平，这样的争辩永远没有结果，连带着许多本来有可能的爱都因此被消耗扔掉。再循环，也什么都解决不了。

那么不如我们不谈公平，只谈爱好了。

02

记得初中的时候，那时候 QQ 刚开始盛行，大家很热衷于在空间转发各种文艺签名和伤感故事。

我印象有一篇关于处女的故事得到很多小女孩的转发，当然其中也包括我。我大致回忆了一下，简而言之是一对山区姐妹，姐姐到适婚年龄父母帮她定了一门亲，结婚前几天，男方不知从何处知道了姐姐十几岁的时候被强暴过的事，男方父母听后立刻退亲，理由就是姐姐已非处女之身。姐姐伤心难过觉得没脸见人，于是上吊死了。妹妹目睹了姐姐的事情于是在心里默默发誓：我以后一定要嫁个不嫌弃我不是处女的人。

几年后她毕业到一家公司工作，由于长相姣好有很多同事追求，但她放风出去谎称自己不是处女，于是追她的人都望而却步，还被女同事孤立。后来终于遇到一个不在乎她是不是处女的人也就是所谓的真爱，新婚夜一切大白，丈夫对她更加爱怜。她终于用她自己的方式证明：处女与否根本不重要，真爱才重要。

现在想想那故事肯定是瞎编的，太瞎太扯，可当时这个故事的确让我们这些小女孩颇受震动，在 QQ 空间造成一阵不小的热度，连一些男同学也在转发后写：爱她就爱她的一切。

03

十年过去，那些曾转发过的男孩女孩们都已长大，无从知道他们现在是否还那么认为。但那的确是我们有生以来对"处女情结"第一次有意识的反抗。我们最开始都是那么认为的：爱是最重要的，真爱是永恒的，没什么能阻止得了我们对爱情的忠诚。用现在的话说：不以真爱为前提的恋爱，都是耍流氓。

只是那时候我们还小，不知道人是可以爱几次甚至好多次的，如果以人一生只爱一个人来说，那么你不跟其他人发生关系是应当的。可问题在于，现在几乎每个人，都不能保证他们只会爱一次。谁都没法确定自己会跟初恋结婚，就算结婚了，也没法保证相守相伴一辈子。他们什么都不能保证，他们能做到的，只是在现在所拥有的爱情里，好好地、认真地、不辜负地爱现在那个人。最大可能地为现在的爱去付出，去珍惜，去拥有。因为如果不去把握现在的人和现在的爱，那么他什么时候才有可能拥有一段最坚不可摧的爱和婚姻呢？

如果她们是因为爱，曾交付了她们的身体，那么后来如果她们继续爱下去，并最终在一起，还会有人质疑她的纯洁吗？

如果她们曾经因为爱，交付出了自己，后来缘分尽了，她们选择分手，那么分手之后她就没资格继续爱了吗？她不能再谈男朋友了吗？她不能再渴望爱情了吗？她也不能再幻想着，能遇见一个对的他了吗？

04

四年前我的朋友 Cindy 和她相恋五年的男友分手了，原因狗血而简单——男友出轨。

彼时他们已经快论及婚嫁，她交付了她的一切，同居两年，她照顾他的一切，饮食起居，日常生活，细致体贴。她以为他们会组成一个家庭，殊不知男友却渐渐觉得她失去了爱情里应有的风致，恋爱落到现实，他发现自己还没有准备好。于是向另一个女人寻求新鲜与安慰。她知道后只觉心寒，收拾衣物离开同居的家，五年感情，结束时却干净利落。她转身离开那个进出五年的门时掉了几滴泪，伤感失望，但一点也没犹豫。她知道这段感情，是错了，交托不了。

她被那段感情伤害了一年，一年后重拾斗志，将精力重新投入到工作中去，选择正面积极地继续生活，渐渐走出阴影，用读书、电影、旅行去治愈曾经被伤害的心。她是坚强的女人，很快重新让友人看到她的微笑，她告诉我们：过去种种，都成过去。而现在，她活过来了。

她不仅活过来了，还活得很好，认识了一个温柔沉稳的男人Joe。他欣赏她的美丽自信，欣赏她的独立坚强，也知道她再能干，也需要保护，于是慢慢走进她的生活。越走进，越发现她的可爱之处。而她亦然，这个男人给他足够的安全感，传统而温柔，会在早晨来到她家楼下，只为了送给她一份他家附近新开的蛋饼店的早餐，因为他觉得很好吃，这样好吃的东西他第一时间想跟她分享。他不索取，只单纯地爱着，就这样，在细微之处，一点一点地融化了Cindy的心。她终于确定，这个会和她一起做饭陪她熬夜工作的男人，是她的Mr. Right。

她不是第一次恋爱，可这样细致绵密的爱，她仿佛第一次经历。因为有他，她才觉得自己是珍贵的，值得被这样一个优秀的男人温柔对待；因为有他，她才仿佛变成了会撒娇会任性的少女，被宠爱的感觉，才是爱的感觉。

Cindy说，她曾有过不美好的爱，错误的期待，那爱让她最后受到伤害，可是她因此明白自己需要的到底是什么，也明白什么样的爱才是真爱。她甚至感谢，感谢只有付出且疲惫的那五年。她说，原来女人要的爱，那么简单。其实男人也一样吧，他们也只想要简单的爱、简单的幸福。如果以前没有爱错过，可能我直到现在还会认为，付出即是爱。

05

在她这样的爱面前，我实在没有办法提出最开始那个看似冠冕堂皇的问题，在这样的温馨面前，所有的质疑，都只会显得粗鄙。

我只想所有人都能拥有这份幸运的爱，倘若有一天这样的人、这样的爱来到你面前，我想不管是谁，爱都来不及吧。谁会真的拉着那个你觉得就是她了，她就是我一直要找的人，她是我要相守一生的人问：你是不是处女啊？

亲爱的想爱的人们，都别担心，爱里没有公平：爱里除了爱，就只有更爱了。我把我所有的一切都给你，我一直以来都努力把自己变得更好，就是为了更好地遇见你。这小半生曾经历许多艰难，但是终究，终究我还是遇见你了。

相比较我们曾经经历过的不幸和跌跌撞撞而言，我们还是储存了一些幸运。

其实相恋所需要的，是远远比处女与否更重要的条件。只是这些条件不那么硬性，也不那么具体。

我们只需要，好好生活，等一个人，等她在刚刚好的时刻，与你相遇，相恋，相守相依。来不及算计，来不及计较，只来得及相恋，只来得及珍惜。

对所有的暧昧，
我都不接招

所有的暧昧，
全都看似温柔，
说的却不是"我爱你"，
而是"快来爱我吧"。

01

姚姚刚进公司，就给我们的大众男神祥哥来了一个下马威。

祥哥是公司的元老级成员，风趣幽默，见多识广，而且长得也不错，经常自称"中老年妇女的梦中情人"，其实公司的小姑娘跟他关系也都挺不错的。每每年会，祥哥上去高歌一曲，台下粉丝欢呼雀跃，算得上是个活宝。

姚姚来公司没几天，祥哥就对这个穿着蓝裙子的小姑娘产生了兴趣。在几次眉目传情无果之后，某个午饭时间，祥哥终于凑过去，故意看了看姚姚带来的便当，夸道："人长得这么漂亮，饭菜也做得漂亮，真是难得啊！"姚姚甜美一笑，礼貌地回答："谢谢，这是我男朋友做的。"

作为姚姚的老同学，我当然知道她在说谎，不禁觉得有趣，她哪有什么男朋友啊？

下班路上，我告诉姚姚，祥哥就是个中央空调，对谁都这样，你也不用太戒备，偶尔嘻哈两句，权当活跃气氛。

姚姚说："我早看出来了，这个祥哥八成是把自己当成了情感收割机，越是这样，我越不搭理他。"

"何必呢，"我继续做姚姚的工作，"他又不会把你怎么样，顶多是个多情男子在多年以后回忆一下美好瞬间罢了。"

姚姚一听就笑了，说："好吧，他满足了他的成就感，可你不觉得我在他的回忆里看起来会像个傻子？"

02

世界上除了黑和白，还有介于黑白之间的灰色地带，这就像我的朋友阿眉和阿畅之间的爱情。

他们偶然相识于一家海洋生物馆里，阿眉偶然回头，发现一个高个子的男生正端着相机对自己聚焦，那就是阿畅。

看到镜头里阿眉一脸诧异和不满，阿畅赶紧放下相机向她解释："我要拍那些美丽的鱼。"

相机移开，阿眉意外地发现他好看，作为视觉动物的她，气立刻消了。

他和她都喜欢鱼，尤其是那些绚丽多姿的热带鱼，他们一次又一次地约会到海洋馆里看鱼，聊得不亦乐乎。

幽暗的海水，变幻的灯光，游移不定的鱼群，似乎注定了这份感情的暧昧不清。

一个月过去了，两个月过去了，半年过去了，他们仍旧只是相约看鱼。

每一次，阿眉都精心打扮，阿畅也贴心陪同。他们有时牵手，有时嘀咕两句玩笑话，看起来和其他情侣没什么两样。

可一切都是点到为止，他从未说过我爱你，也对她的亲朋好友缺乏兴趣，有时她提到了，他就耐心听着，微笑点头。

显然，他没有打算走进她的世界。

就在阿眉旁敲侧击辗转反侧的时候，阿畅的消息渐渐少了。某个过午，阿眉一刷朋友圈，惊讶地发现阿畅要结婚了。

本来事情到这里也就结束了，或者说根本就没发生过什么，他们不过是一起看了半年的热带鱼而已。

气恼的阿眉越想越委屈，她忍不住向我吐槽：我竟然做了别人的备胎！

我给阿眉分析：他也未必把你当作备胎，谁会这么认真在一个备胎身上浪费这么多时间？更大的可能是，他只喜欢欣赏那个在海洋馆里如梦如幻的你，却没有勇气把你带到现实里去。

暧昧，说到底只是一场对爱情的想象，这就像你想象一份美食，无论想得多么有滋有味，如果缺乏执着的勇气和追求，都是对它的辜负。

03

差不多刚进入青春期，就有人提醒俞琳，作为女性一定要抬高身价，千万不要被那些坏小子三言两语就哄骗了。

所以，俞琳心里有个根深蒂固的观念，就是一个人要百折不挠地追求到她，才算得上爱，也才会懂得珍惜。

无论面对多么令人心动的男士，俞琳也故意对他的殷勤不置可否。

你喜欢的人恰好也喜欢你，这是人人期盼的爱情喜剧。俞琳知道，正在追求自己的程枫，大概就是自己生命里的 Mr. Right，可

她还是不想让他轻易过关。

他给她剥橘子，她撒娇要他喂，他对她说爱你，她却做个鬼脸就跑。程枫不明白，是橘子太酸，还是她对他根本无感？

受挫的次数多了，程枫有时觉得非常灰心，但每当这个时候，他就发现俞琳那双会说话的眼睛亮晶晶地望着他，分明让他不要放手。

可是眼睛说的话，真的能算数吗？

最终的最终，程枫还是走了。俞琳告诉他，你知道吗，你只要再坚持一下下，就会成功了。

对于俞琳的考验，程枫感到哭笑不得。他想要的，不只是她接纳他的爱，还有两个人的彼此相爱。她如果真的爱他，怎么会这样保全自己，患得患失？

04

在大一迎新晚会上，韩杰的闪亮登场，成功开启了学姐打压学妹、学哥嫉妒学弟的新篇章。

韩杰帅气挺拔的身姿，无辜明朗的面孔，若有若无的微笑，深刻诠释了小鲜肉的全部意义。

在台下，同班同学李梦君只有望洋兴叹，这样的韩杰，注定和自己无关吧。

抱着这样的想法，李梦君老老实实地上课下课泡图书馆，大学

生活过得很悠然。

不知道从什么时候开始，韩杰有意无意地来找她请教问题。韩杰并不是一个虚心好学的人，他的问题往往也很浅薄，李梦君三句话就能给他解答完毕。

韩杰不好意思地笑笑："我是不是太笨了，什么都不会，要不我请你吃雪糕吧。"

李梦君不明白韩杰的意思，但她承认韩杰笑起来很好看。

有人问李梦君，你最近是不是在追韩杰？李梦君觉得莫名其妙，可能最近确实和韩杰走得近了点吧。

神经大条的李梦君没把这当回事，直到有一天，她在楼梯拐角听到一个熟悉的声音，韩杰对他的兄弟说："怎么样，我就说嘛，不就是一个李梦君……"韩杰的话没说完，就在李梦君面前愣住了。

事后，李梦君才知道，韩杰认为她美中不足，私下对哥们儿扬言要一个月之内拿下她的芳心。

然而他没有想到，李梦君对一切暧昧都不接招。韩杰只好选择在背后吹牛。

经历过这件事情之后，李梦君更加坚信：所有的暧昧，全都看似温柔，说的却不是"我爱你"，而是"快来爱我吧"。

说到底，喜欢暧昧的人，最爱的是他自己。

女人，
我希望你还能像遇到他之前那样，
把自己放在重要的位置，
平等地与人相爱，
爱他人的同时也爱自己。

一月中旬，围绕中科院产妇身亡事件，网上正激烈地讨论医患关系，讨论行政干预，甚至讨论依法治国。而在一切纷纷扰扰中蓦然回首，我才看到了那个死在手术台上的女人。

她叫杨冰，三十四岁，是中国科学院理化研究所的青年科技骨干，在这个中国顶尖科研单位里，她参与的科研项目获得了科技进步一等奖，而且年纪轻轻就在世界顶尖科技杂志SCI上发表了三篇核心论文。

假如杨冰女士只是一名国家科研人员，那她的前半生算得上功成名就。然而，她没有忘记，她还是一位妻子。于是，这个有责任心的姑娘五年内四次怀孕，一次早产，一次胎停，一次宫外孕，最后一次母子双亡。

其实，杨冰女士第一次怀孕就差点丧命。五年前，同样是在北京大学第三医院，一心求子的杨冰通过试管婴儿技术成功受孕，并产下一名仅28周大的女婴，但这次生育的后果是，早产的女婴不幸夭折，杨冰在妊娠中也因妊高症引发重度子痫。重度子痫，那是要命的病！

抛开一切恶意的揣测，铁一样的事实是，杨冰从二十九岁到三十四岁，为了生育孩子闯了四次鬼门关。就算她的丈夫没有给她施加任何压力，至少他是不反对她这样做的。

也就是说，杨冰和她的丈夫都认为，虽然她德才兼备，事业有成，可她还是应该冒着生命危险生个孩子！身为人妻，生孩子难道不是一份天职吗？

尽管没有任何法律规定，做妻子的必须生孩子，而一个女人一旦发现自己不能怀孕，总是难免心怀愧疚。同理，一个女人如果具备生孩子的基本功能却不肯生，那简直是大逆不道！

再来看一个女人生孩子的案例。

湖北三十六岁的刘女士在国家二胎政策的春风下积极备孕，终于如愿怀上了宝宝。这时，刘女士正读初二的儿子提出反对意见，声称如果母亲坚持要二胎，自己就不参加中考了！无奈之下，刘女士只得含泪打胎。

不仅在儿子看来，在刘女士自己看来也是这样：做母亲的理应为孩子让步，孩子对母亲的人生规划具有支配权。

女人，为何你有那么多天经地义的担当，以至于连自己最基本的人权都要做出让步？

1933 年，老舍先生在小说《抱孙》中写道，儿媳难产需要剖腹手术，医生要求亲属签字，娘家妈急得要签，当婆婆的王老太太抢过来说："我的儿媳妇。"

将近一百年过去了，我们的文明并没有进步多少，许多人对待女人，心里依然有那两个大字——"我的"！

虽然在她遇到你之前，她和你没有半毛钱关系，她唱着自己爱唱的歌，做着自己爱做的梦；虽然你没对她的前半生做出任何贡献，虽然即便没有你，她的后半生也可以无忧无虑。然而，只因一句"我爱你"，她竟成了你的，或者你们的。

她因为爱她的丈夫，就应当十月怀胎，诞下两个人的爱情结晶。她可能因此身材走样，容颜衰老，可这是整个社会对她的要求，她也把这当作自己的责任和义务。

她因为爱她的孩子，就应当无怨无悔，自己一切都可以为了孩子妥协。有多少女人受过高等教育，有过美丽的梦想，却为了孩子心甘情愿当起了家庭主妇？渐渐地，大家都习以为常，连孩子也不禁觉得，她是"我的"。

她因为爱她的家庭，就应当忍辱负重，把丈夫的爸妈当作自己的爸妈，把丈夫的亲友当作自己的亲友，生生把他乡认作故乡，收心敛性，左右周全。否则，谁都可以责备她不够称职。

男人为事业和梦想打拼，即便忽略了家庭，也不会受到太多责难，因为他还有一个私有财产来弥补——他的女人。

她是丈夫的妻子，是孩子的母亲，是公婆的儿媳，唯独不再是她自己。

女人，你可知道，一个人一旦沦为私有财产，就很难维持独立完整的人格，也很难站在爱的天平上保持平等。

如果你不能优先地爱你自己，维护自己的尊严，那么你所付出的那些爱，就是你透支生命的爱，你所爱的那些人，能够回应你的，也只能是愧疚，或者是漠然。愧疚和漠然，难道是你想要的结果？

如果你忘记了自己，那么除去一切身份定义，你将不再是可爱的。一个他人的附属品，一个无暇爱自己经营自己的女人，连她的儿子都会认为，她虽然很有用，很重要，但她是"我的"。

女人，我希望你还能像遇到他之前那样，把自己放在重要的位置，平等地与人相爱，爱他人的同时也爱自己。即便对你最爱最爱的孩子，你也要让他看到，你是一个独立的个体，你的尊严不容侵犯。

唯有如此，你才值得被爱。

分手之后，
连问候都找不到理由

别轻易说分手，
在分手之前，
你根本不知道分手是什么。

01

最近公司业务忙，不得不考虑找外援协助，我立刻想到一对情侣，莉莉和阿非，他们以前在这里做得不错，后来双双离职，据说结婚去了。

我打电话给莉莉，问她和阿非有没有时间给老公司做点兼职，价钱好商量。莉莉很不好意思地告诉我，她和阿非早就分手了，不过可以帮我问问。

原来辞职后，他们没有结婚。

我感到自己过于唐突，赶紧说不用，本来就是小事。莉莉倒笑了，说："让我去问问吧，我也很想找个借口打听下他过得怎么样。"

莉莉说得很轻松，可我听得好难过。因为作为旁观者的我还清楚记得，阿非经常跑到我们科室，美滋滋地抱着莉莉的水杯喝水，以至于我们都开玩笑："阿非，你们科室的水是不是没我们的甜啊？"

每到莉莉卫生轮值的时候，阿非还会自觉跑来拖地，我们科室对这个免费的劳动力都很满意，笑称他"模范丈夫"。

阿非是那么依恋着莉莉，两个人的科室就隔着一堵墙，他一天到晚地往这儿跑，就为多看她一眼。有时候莉莉不在，阿非会拿铅笔在她文件上画个滑稽的小人儿，他们爆棚的爱，简直甜到虐心。

曾经那么相爱的两个人，怎么走着走着就走散了呢，甚至连问候都需要理由？

02

前段时间热播的韩剧《太阳的后裔》，徐上士和尹明珠最初结缘，是因为徐上士的前女友要结婚了，他邀请尹明珠假扮自己的女朋友一起去参加婚礼。尹明珠觉得有趣，她知道自己很漂亮，绝对能让徐上士的前女友自惭形秽，她愿意用自己的美貌帮徐上士完成这个虚荣心满满的报复。

尹明珠精心打扮，骄傲地挽着徐上士的手出现在新娘子面前，新娘果然大惊失色，几乎要哭出来。徐上士缓缓说："从今以后忘了我吧，我已经找到了幸福。"

原来他不是为了报复，而是为了让新婚的她能彻底放下。

这个深情而又决绝的男子吸引了尹明珠，她和他迅速坠入爱河。然而他们的恋情遭到了她父亲的反对，徐上士决定离开尹明珠。

他依然是那么决绝，而这一次是用在了尹明珠身上。

她一遍遍打他的电话，还派了小情报员不时汇报他的状况。每一点消息，她都视若珍宝。

爱情让人卑微，卑微到我只想知道你过得好不好。失败的爱情不仅卑微，而且吝啬，吝啬到我连你过得好不好都没有资格知道。

03

张璋和晓菲第十一次分手的第二十二天，他开始感觉有点什么不一样了。

因为按照往常的例子，不出十天晓菲就会打电话来把他臭骂一顿，骂完之后又会戏剧性地问他晚饭去哪里吃。

二十多天过去了，依然悄无声息。

对于分手，张璋一直觉得那也是件不错的事，所以每次分手后，他都忍不住要狂欢庆祝，痛痛快快过几天单身汉的日子。

这次也是一样，他打了两天游戏，参加了三场酒友聚会，在网上聊了聊暧昧话题，还跑到海南度了个假。

在海南，他看到有一种木瓜是她爱吃的，他立刻想到买下来给他的晓菲带着，这时，他突然如梦方醒，我们不是分手了吗？

他等着她来骂他，又等了二十二天，还是没有等到。他有点担心她是不是发生了意外。

他去看她的朋友圈，被屏蔽了，微博删得干干净净，QQ 和电话，统统已加入黑名单，所谓一刀两断，就是如此吧。

张璋这才慌了，约哥们儿刘海出来喝酒。这么多朋友，为什么突然单约刘海？因为刘海也是晓菲的朋友，应该知道一点她的近况吧。

跟个大男人含情脉脉了老半天，他终于开口："她还好吗？"

刘海喝多了，红着眼睛反问："谁呀？"

他这才发现，他竟窘得连她的名字都说不出口了。

那个名字，是多么熟悉啊，可是现在，已和他没有关系了，他们成了最熟悉的陌生人。

别轻易说分手，在分手之前，你根本不知道分手是什么。

谁不想一别两宽，各生欢喜？

装完了文艺范儿，你真的放得下吗？

乔木和雅望分手的时候说好了要做朋友的，他们也真的成了朋友。

她孜孜不倦地在他所有社交软件里点赞，他也坚持不懈地祝她新年快乐端午快乐中秋快乐，恨不得连清明节都要祝她快乐。

一直到她的电话被另一个男人接起，他说不清是嫉妒还是心虚，"砰"地就把电话挂了。

一直到他发表了陌生的恋爱心语，她有点欣慰也有点失落，忘记了点右下角的大拇指。

有一回，乔木不经意走过了他们曾经的爱情许愿墙，回忆起曾经的点点滴滴，他拿起笔，想要写点什么，就写一句简简单单的"你还好吗"，想想又算了，他们的关系已经不适合这样的深情。

无论说得多么好，分手就是分手，人生的列车不可避免地沿着不同的轨道飞驰而去。

他们很有默契地渐行渐远，连问候都渐渐稀疏。

05

爱过，最好的礼物或许就是不再打扰。

可是曾经牵过的手，真的那么容易举起来相互挥挥说再见吗？

深入骨髓的东西，除了毒品，就是爱情。刻骨铭心，说的不就是刻在骨头上埋藏在心里的爱吗？

这样用力的爱情，一个人一生也不会有几次吧。

所以，分手之后，还是远远的才好，还是默默的才好。毕竟交换过心灵的密码，我怕我的心一不小心，会像手机见到熟悉的Wi-Fi一样自动连接。

所谓再见，是不敢再见。

人们说，你若安好，便是晴天。

一个"若"字，听起来假设，其实是欲说还休的惆怅——我竟不知你是否安好。

所以，别轻易说分手，因为分手之后，你连问候都找不到理由，更没有再次拥抱的借口。

我来跟你谈恋爱，你却跟我谈生意

请不要正经地说着我爱你，
就自作主张把我规划到你的生意里去了。

01

秋燕来找我诉苦，说不知道该怎么办了。

她说，我是不是得了恋爱恐惧症，为什么上过一次当，就再也不敢全心倾注于一段新的恋情了？

秋燕所说的"上过一次当"，是指前两年她跟男朋友合伙开店，结果出现了财产纠纷，男朋友卷钱跑了。

那时候，秋燕发誓，从今以后，再也不跟人，尤其是恋人，一起投资做任何生意。

没多久，秋燕遇到了现在的男朋友阿勋，然后迅速坠入爱河。

对于秋燕的恋爱效率之高，我曾觉得有点草率，但秋燕告诉我，阿勋对她很好，可以说是关怀备至，她觉得很幸福。或许她受伤的心，真的需要这样的抚慰吧。

然后，秋燕开始在朋友圈秀恩爱了。小伙子长得不错，两个人携手看朝阳，看起来也很甜蜜。

可是现在，秋燕说，她不知道是她出了问题，还是他们出了问题。

阿勋人很好，尤其是很上进。从一开始，他就在勾画他们的美好未来，经常说得秋燕眼眶微红。

所以，当阿勋提出要创业的时候，秋燕没有强烈地反对他。

其实秋燕对物质生活没有很高的要求，在她看来，两个人朝九晚五地上班，数着工资过小日子，就已经很让人满意了。而阿勋看不上这点工资，总笑话她："燕雀安知鸿鹄之志哉？"

想到阿勋对自己点点滴滴的关爱瞬间，秋燕就觉得自己要是不帮他，就太不近人情了。

02

阿勋在郊区租了一块地，要盖大棚种多肉植物。阿勋把多肉植物的图片拿给秋燕看，那确实很漂亮。

大棚建了一半，国土局来调查，说手续不全，要拆掉。

看到阿勋愁眉苦脸，秋燕就托自己在国土局上班的同学，上下打点，把手续补全了。

大约从这个时候开始，阿勋把"我的大棚"改称为"我们的大棚"。

"我们的大棚该进新品啦""我们的大棚要添加设备啦""我们的大棚高度不合适啦"……这样的话频繁地出现在了他们的日常对话里。

秋燕也稀里糊涂地默认，这是"我们的大棚"。

阿勋的创业并没有自己想象的那么一帆风顺，有好几次，他的资金链欲断，幸而秋燕都能及时救场。

阿勋不知道的是，每一次救场，秋燕心里都很受煎熬。她从来没打算投资多肉植物，但她更不想让阿勋失望。

秋燕有时候自责，是不是真的因为受过一次伤，自己就没有勇气放手去爱了？

03

项目运转到一半，还没有见到任何成果的时候，阿勋告诉她，他们必须再拿出更多的资金，才能把前期的投入收回来。

秋燕觉得有点扛不住了，来问我怎么看。

我问她，你有没有做好赔本的准备？

她说，没有。

我又问，如果这次赔进去，你能做到心甘情愿吗？

她说，不能。

我说，那就不要投资吧。

如果你们的感情不如这一次投资更重要，你为什么要为了一份感情去投资一个自己毫无把握的项目？

如果你们的感情比这次投资更重要，你为什么要把这份感情赌在一个自己毫无把握的项目上？

不情不愿地投进去，一旦失败就预示着感情的破裂。

就算真的成功了，这份充斥着数字和算计的感情，真的是你最初想要的那一份吗？

秋燕没有再投资，他们因此分手了。

或许他们本来就不是一条道路上的人吧。

04

有人习惯于把恋人发展成自己的生意合伙人。

无论是街头的夫妻店，还是大学生情侣合伙创业的报道，都被看作同甘共苦的典范。

所以当情侣中有一方开始创业的时候，

另一方就很难坐视不管。

我的朋友小麦就是这样，她好好上着班，男朋友明辉却开了家旅馆。

她一点也不赞同他这样做，她说："如果你执意要做，就自己做吧，我不想参与。"

明辉问她："如果有一天我成功了，买了大房子，你住不住呢？"

只要不分手，她当然要住的。

明辉说："那你现在就有义务帮我。"

这个逻辑看起来好像很对。

05

明辉要求小麦辞职，美其名曰"回家当老板娘"。

小麦忍痛放弃了心爱的工作岗位，干起了前台兼会计兼服务员的活儿，而且还没工资。

旅馆里的杂乱无章和她从前安静的工作环境比起来有天壤之别，应对形形色色的旅客让她筋疲力尽。

小麦告诉我，她最大的心愿就是明辉能早日成功，别的都不重要了。

我说，看来你很支持他嘛。

"才不是，"小麦说，"我希望他能赶快成功，是为了和他提分手。现在明辉太艰难，这时候提分手，我实在不忍心，也不够道义。所以只好盼他早日成功。"

明辉觉得：等我赚了大钱你会和我一起分享，那么我赚钱的艰辛和赔钱的风险你就应该和我一起承担。

确实，连我们的法律也是讲究夫妻共同承担债务的。

可是当我们出于情感上的道义而做某件自己毫无兴趣也根本不擅长的事情时，后果往往会很惨烈。

与其到最后相互埋怨，为什么不趁早划清界限？

06

如果明星的妻子都应该去做经纪人来表示支持，那他直接跟经纪人结婚多省事。

如果球王的爱人都应该成为啦啦队的队长，那他最好直接把啦啦队队长娶回家。

如果当老板的都需要老婆做全职秘书，那他真应该找个秘书做老婆。

如果事业上的志同道合在爱情里真的有那么重要，在你强行拉起我上路的时候，还是先问问我愿意不愿意，擅长不擅长。

毕竟我是来谈恋爱的，不是来谈生意的。

就算是谈生意，也没有那么多理所应当。

所以请不要正经地说着我爱你，就自作主张把我规划到你的生意里去了。

我们明明是花园里的两只蝴蝶，各自有各自的美好，为什么一旦被感情绑架，就非得变成一根绳上的蚂蚱？

我真的不想在累了之后叹口气说，相濡以沫，不如相忘于江湖。

愿所有姑娘都可以

嫁给爱情

愿所有寻觅都不被辜负，

愿所有姑娘都可以嫁给爱情。

愿所有姑娘都保留一颗勇敢的真心，

成为最终那个胜利的姑娘。

最近网上有一个视频挺火的，而我刚好也认真看了。视频大概是说一位父亲对女儿婚姻真挚的愿望和期许。整个视频没有采用什么特殊的手法，也有任何的特效，只是父亲在简单地陈述，但深情款款，着实感动了不少人，包括我。所以，我借此写了一篇文章，算是对自己的一个希望，也算是对所有姑娘的一个祝愿。

老人常说，"过了腊八就是年。"春节临近，各种同学聚会就开启轰炸模式，就像经典的青春偶像剧大结局一样，大家都期待久别重逢。热衷八卦的女生们尤其要看一下，当年的情敌和闺密，如今过得好不好。

有人开着豪车来了，有人特意去做了一个SPA，还有人特意带了家属各种秀恩爱。然而，女人骗得过男人，却骗不过女人。因为聪明的女人都知道，嫁得好不好，只需看她结婚后是不是变得更漂亮就行了。

婚姻美满幸福的，会在婚姻中得到长久的滋养，变得更加成熟有韵味、有气质，这是任何化妆品和美容技术都无法描绘出来的。女人一张任时光流逝，依然笑靥如花的脸，再配一双含情脉脉，闪耀着幸福光彩的双眼，比什么都有说服力。

相反，情感空虚的女人即便过着锦衣玉食的富贵生活，也会在岁月的消磨中逐渐枯萎，脾气暴戾，容颜衰老，层层粉饰，难掩内心的疲惫和孤独。

著名词人李清照，最先嫁给了青梅竹马的赵明诚，夫妻琴瑟相和三十年，在金石考证和文艺创作方面都取得了很大成就。可惜赵明诚英年早逝，面对南宋的动荡局势，李清照为求安身，改嫁张汝舟。最终这份缺乏爱情基础的婚姻成为李清照一生中的遗憾，使她被迫走上揭发亲夫的维权道路，还险些遭遇牢狱之灾。

同样的倾世才女林徽因就幸运许多，在众多追求者中她选择了与自己情投意合的梁思成，一段"梁上君子，林下美人"的爱情从此传为佳话。后来"文革"中，两人更是不离不弃，相互扶持，成为彼此苦难中最好的慰藉。

爱与被爱，永远都是一件至关重要的事，稍有不慎，就可能赌上一生的幸福。

一个女人不小心切伤了手指，她的夫君凑过来看了看，天真地说："你一定不疼。"

女人冷冷一笑，问他："为什么？"

"因为你都没有哭。"

她不仅没哭，连喊疼都没有。她不爱他，所以她对他无欲无求；他也不爱她，所以他对她没心没肺。

爱你的人，无须你喊疼，就已经先疼了，怎么还会等你哭？

生活如人饮水，热闹都是给别人看的，冷暖只有自己知道。

人在年轻的时候难免欲望太多，房子、车子、票子，人前的荣耀，人后的安逸，这些都诱惑着我们。

如果我们把这些称为幸福，似乎也没什么不合理。然而，当我

们拥有这一切的时候，却会发现，我们曾因它们而喜悦的内心，终究归于平静。物质生活带给我们的幸福感，是那么难以维系。

　　从前我们因为马诺（在江苏卫视《非诚勿扰》中以自大、媚富的言论而迅速在网络上蹿红，被网友称作"拜金女"）而争论，坐在宝马车里哭和坐在单车后座上笑，究竟哪个更好？

　　其实，坐宝马还是坐单车并不重要，重要的是，你在哭还是在笑。

　　荷西等了三毛六年，后来他问三毛："你想嫁个什么样的人？"

　　三毛说："看得顺眼，千万富翁也嫁。看得不顺眼，亿万富翁也嫁。"

　　荷西就说："那说来说去你还是想嫁个有钱的。"

　　三毛看了荷西一眼说："也有例外的时候。"

　　"那你要是嫁给我呢？"荷西问道。

　　三毛叹了口气说："要是你的话那只要够吃饭的钱就够了。"

　　"那你吃得多吗？"荷西问道。

　　"不多不多，以后还可以少吃一点。"三毛小心地说道。

　　为了爱情，我们向生活妥协时是那么心甘情愿。为了生活，我们向爱情妥协时又多么无可奈何。所以，我宁愿你们向生活妥协，也不愿你们向爱情妥协。

　　然而，爱情有时来得不是那么及时，需要你苦苦寻觅。在寻觅的过程中，挫折恐吓着你，世俗催促着你，这些都令你惶恐不安，甚至会影响你的选择。

你眼看着身边一个又一个的同盟动摇了，举手投降了，而她们，看起来过得也不错。你开始质疑自己的固执，怀疑自己的向往，动摇自己的决定。

但是，亲爱的，请你一定一定不要忘记，当你有一天在茫茫人海中找到你的爱人，当你牵起他的手向世人宣告的时候，那种骄傲和甜蜜感是任何赞美都无法相比的。

你可以大声地说："你看，我就知道我能找到他！"

愿所有寻觅都不被辜负，愿所有姑娘都可以嫁给爱情。

愿所有姑娘都保留一颗勇敢的真心，成为最终那个胜利的姑娘。

然后，一切付出都得到补偿，一切美好都值得期待。

真爱不应在婚姻里缺席

没有谁的婚姻不需要爱情。

今天偶然看到一则新闻，内容是揭秘几位正部级的女将。我对军衔级别向来一窍不通，之所以留意到这则新闻，是因为里面有个熟悉的名字——张海迪。

这个名字不光我熟悉，想必大家都很熟悉，小时候初学造句，挂在口头的就是张海迪，比如："虽然张海迪姐姐身体残疾，可她还是学习了好几门外语。""尽管张海迪姐姐身体残疾，但她仍然坚持写作。""尽管张海迪姐姐身体残疾，她也毫不气馁，学会了针灸。"……

一转眼，张海迪姐姐已经变成了张海迪阿姨，喧嚣散去，我对她的所有了解还停留在一句简单的"身残志坚"。看着新闻里她微笑着的熟悉的面孔，我不禁想到，张海迪，你现在过得好吗？

凭借这个信息时代的优势，我很快搜索到信息，张海迪挺幸福的，她的老公王佐良是个颇有名气的"情圣"，他们十分相爱。

张海迪和王佐良都爱读书爱写作，而且性格一样温和沉静，是天生的神仙眷侣。有时候，他推她在院子里散步；有时候，她拿剪刀给他设计发型；有时候，她专心画画，他就在一旁精心制作相配的画框……

这是多么让人羡慕啊，张海迪坐在轮椅上，没有满世界去寻找爱情，却这样幸运地得到了，真让我们替她高兴。

回顾二十多年相濡以沫的婚姻生活，张海迪说："我感觉很欣慰。我们在各自的工作岗位上都取得了成绩，我们坦然地面对生活，从不理会各种猜测，我想时间会证明一切，而且我自己也很奇怪，结婚这么多年了，当他前往加拿大学习的时候，远隔重洋，我们的书信还会和当年一样，真有意思。我从来不相信没有爱情的婚姻能生存下去，如果没有不断更新的爱情，婚姻的花朵就会枯萎。"

有人说，婚姻是爱情的坟墓。也有人说，无论多么好的爱情，最后也难免转化成亲情。而张海迪却丝毫都不肯妥协地说，从来不相信没有爱情的婚姻能生存下去。

张海迪是幸运的，在大部分人一提到她就先想到"身体残疾"的时候，有一个人却真诚地爱她灵魂的香气，而且一直爱着。

我小时候有错误的世界观，其中就包括对爱情的理解。我知道我会长大，然后经历一场王子和公主的爱情。而爸爸妈妈呢，爷爷奶奶呢，他们当然和爱情没有关系吧？

由于时代烙下了保守的印记，他们把爱情藏得牢牢的，以至于我误以为他们天生就在一起，从未经历过什么相遇和相恋，就像我和弟弟天生就在一起一样。

我的爷爷和奶奶是很热闹的一对夫妻，他们总是为一些小事吵嘴，我从未看出其中有什么温存，更不要说爱情了。

但有一次，他们又吵起来了。当时奶奶正在房顶上择豆角，爷爷作势要把她推下去。奶奶下来后怒气冲冲地向我抱怨："他要把我从房顶上推下去！"我早在院子里看得清清楚楚，就告诉她："爷爷是吓唬你的，他可舍不得真把你推下来。"

奶奶大概是看到我一本正经像小大人的样子，竟扑哧笑了，脸上泛起不易被察觉的甜蜜。我想，原来大人们比我们小孩子还胡闹，吵个架也是吵着玩的。

最后的两三年，爷爷一直处在重病的状态，再也没有力气吵架了。奶奶寸步不离地陪在他身边，给他做各种饭食。面对爷爷的重病，外人都是怜悯和叹息，而他们两个却神色如常。这时我才明白，他们之间有过那么多争执不休，是因为他的事和她的事，都是他们两个人的事。

有一回我去探望爷爷，正赶上他又不舒服。奶奶念叨着，不会又发烧吧？于是凑上去要碰一碰他的额头。这是他们老一辈常有的诊疗方式，我小时候发烧，奶奶也会用她的额头来碰触我的，来试试我有没有发烧，所以，对这个小动作，我一时没有在意。

就在我起身四处寻找体温计的时候，忽然，一个刹那，我看到低头探病的奶奶悄悄错位，以不宜察觉的姿态在爷爷的额头上吻了一下。

那一刻，我的眼眶湿润了。他们生活在一个保守的时代，像哑巴一样说不出"我爱你"，但结婚六十年了，爱情仍未缺席。

我的表弟刚跨入法定婚龄的门槛，姑姑就开始为他的终身大事着急了，打着"一方有难，八方支援"的旗帜，组织了一个大大的亲友团，今天介绍一个，明天介绍一个，口口声声还念叨着，现在女娃少啊，再不抢就没了！恨不得让表弟一见面就拉人家去民政局扯证。

可惜，表弟总说还没找到感觉。姑姑为此生气，说："迟早都是过日子的，要什么感觉？你还真当自己是太子选妃吗？"

表弟很无奈，也很无语。确实，身边的朋友都没他这么讲究，他们未必一见钟情，却总能一拍即合，好像算一算八字就能结婚。

我和表弟一起去参加另一个亲戚的婚礼，他们也是经人介绍没多久就结婚了。婚礼上，司仪让新郎说一下对爱情的感受，新郎说了一堆《大话西游》里夸张的台词，鬼哭狼嚎的表白逗得亲友哈哈大笑。表弟私下打趣，这么容易就一往情深，难道是失散多年的兄妹？

一晃三五年过去，表弟还在对爱情寻寻觅觅，而当年"抢"到女娃的人家都已经闹起了离婚。姑姑看着各家的鸡犬不宁，也就不再眼红了。

如果婚姻真的不需要爱情，那爱情是留给小三儿的吗？

如果爱情注定要被埋葬在婚姻里，那结婚又有什么意义？

醒醒吧，真爱才能长久滋养婚姻，就像水之于鱼，土壤之于花朵，鱼未必时时冒泡，花朵也未必时时绽放，但它们必须活着。

没有谁的婚姻不需要爱情。

PART 05

在你需要的时候，一句"我在呢"，
胜过所有的甜言蜜语

要攒够多少失望，
才会离开

不是我不够慷慨，
也不是我不够坚强，
只是一个人的努力，
如何撑得起两个人的天空？

01

海娜知道自己的老公天生就不浪漫。

从恋爱时起，他就不会制造小女生都会心动的惊喜。他记不起她的生日，也不愿意过情人节，说那是崇洋媚外。

他们是通过相亲认识的，媒人是双方的朋友。几次约会下来，除了刻板，海娜一时也挑不出他别的毛病，一场恋爱就在朋友的促成下开始了。

这是一场不温不火的恋爱，连结婚都是家长催促的结果，两个人按部就班地满足了看客们的心愿。

其实，有好几次，海娜都想到退缩。比如，站在公司楼下看着瓢泼大雨，比如，走在超市里看着包着金纸的巧克力。可是，真的要因为一把伞或者一盒巧克力赌气，是不是又太矫情了呢？

日子在失望的暗流中颠簸前行。海娜有时委婉地提醒几句，渐渐地，她也懒得多说了。后来，他们有了宝宝。

宝宝不满周岁，海娜过得手忙脚乱，连吃饭也要和老公轮着吃。

某天，照常是她在一旁哄着宝宝，老公先吃饭，吃完替她。恰巧，电视上正播放老公爱看的挑战赛，海娜看着老公一边盯着电视，一边慢吞吞地一口，两口……一桌饭菜，已经凉了，他还没有吃完。

海娜忽然感到万分委屈，眼前这个冷漠的男人是多么可恨啊，他沉浸在自己的世界里，把她忘得一干二净。他哪里是粗心大意，根本就是目中无人！她越想越气，抓起孩子的餐盘就砸了过去！

是的，他没犯什么大错，每一件事情说起来，都是那么无关紧要。可是，他带给她的失望已经堆积如山。最终，他慢条斯理地吃一口两口，像一根又一根的稻草落下，压垮了那匹叫作爱情的骆驼。

02

李雪明曾经天真地相信一句俗语，叫作"刀子嘴，豆腐心"，因为他的爱人小梅有一张很会扎人的利嘴。

就算是忘记收衣服这样的小事，她也会骂他老年痴呆。

但小梅是个漂亮的女人，李雪明很爱她，大丈夫能屈能伸，他默默忍受了她的尖酸刻薄。

有时候，他安慰自己，你看春晚小品里的那个蔡明，不也老是毒舌，其实心地不坏吗？小梅嫌弃他愚笨，没出息，也是恨铁不成钢吧，还不是为自己好？

然而，在失意受挫的时候，李雪明还是希望能听到一两句鼓励的话，而不是冷嘲热讽。

家，本来不应该是遮风避雨的地方吗？但它已经被小梅的利嘴扎得四处漏风。

满有希望的升职机会落空了，李雪明不愿意回家面对小梅，他在外面喝了闷酒，一直挨到深夜，才不得不回家。

回到家，李雪明看到满脸怒容的小梅，酒已经醒了多半。小梅冷冷一笑，说："没本事升职加薪，酒量和胆量倒是见长啊！"

既然她已经知道了，他也就不再多说，躲进卧室，把脸埋进枕头里。

小梅不依不饶，说得更难听了："我看你这种男人，上辈子一定是条狗，抢狗食都抢不到热的。"

李雪明痛苦得说不出话来，什么刀子嘴豆腐心，都是自欺欺人的话罢了，如果真有豆腐心，怎么会有一张刀子嘴扎来扎去？

他让她失望，她也让他失望，两个人在对彼此的失望里相互折磨。

真的要把失望攒成绝望，才舍得说再见吗？

03

自从上次出差回来，小乔就发现老公有了一个新习惯，他手机不能离身了。

不管是洗澡还是上厕所，那个手机都像贴身保镖一样在他身边。而且，这个贴身保镖明显是个哑巴，小乔知道，他调了静音。

还有什么好怀疑的呢？小乔想起来，在她怀孕的时候，他就曾给一个女人发露骨的消息："要是咱俩想要孩子，不早就有了吗？"

那时候，他发誓说那只是个玩笑，并许诺再也不会开这样的玩笑了。

可是后来，小乔发现自己的老公还真是一个"爱开玩笑"的人，更何况还有外面的风言风语。

信誓旦旦，不思其反，反是不思，亦已焉哉！一次又一次的失望，好像已经让她变得麻木了。她想起从前的自己，虽然孤独，可孤独得那么踏实。

没有爱，没有希望，也就不会失望吧。

可是有过爱，有过希望，却被一点点地吞噬，那种感觉才最痛苦。

小乔想，既然曾经建立的希望已成断壁残垣，她也是时候离开爱的废墟了。

她走了，她留言说：

"为了爱，我愿意给你很多次机会；为了爱，我愿意像傻子一样为你辩解和开脱；为了爱，我拿出足够多的信任来给你透支。但如今，我们的爱情银行已经破产。不是我不够慷慨，也不是我不够坚强，只是一个人的努力，如何撑得起两个人的天空？"

04

我说永远爱你，其实我是说，在我不爱你之前，我会永远爱你。

当希望变成失望，失望变成绝望，当你已经不再是你，甚至我也不再是我，我们该何去何从？

不要让我在失望中挣扎，因为我也不知道，究竟要攒够多少失望，才会离开。

别让你的关心，
变成一种捆绑

两个人相处，应当始终是一种游离的状态，
一味拉紧会像橡皮筋一样要么弹得更远，要么直接拉断。
无论哪个结果，都不是双方最初的期许。

01

我认识小丁的时候，她还在跟男友异地恋。那时候，小丁住我隔壁的宿舍。每天晚上，我都会在楼道走廊碰到煲电话粥的她，从笑语盈盈到后来的沉默回应再到最后，就没有最后了。问起原因，小丁说有些累，但不只是因为异地恋。

他们是高中时在一起的，男生成绩比小丁差很多，两人考到了不同的大学。男生原本就是很黏人的那种，在一起的时候，他会记得所有或大或小的纪念日；小丁也说跟他在一起，时时刻刻都有种被宠着的安全感。开始异地恋之后，男友说微信聊天太冰冷了，他要听到小丁的声音，才会心安。于是，他们定好每晚十点通电话。通话次数多了，小丁觉得他太过黏人了，就提议一周通两次，可是男友说："还不是因为在乎你？不然我才懒得天天打电话呢！"于是不欢而散，这是第一次。

如果微信没及时回复，男友就开始电话轰炸。明天要考试了，即使心急如焚怕赶不上复习，却还是要听完男友慷慨淋漓的趣闻趣事。生活没有新鲜事的时候，电话两头就只有沉默；第一次沉默是默契，第二次就成了尴尬。男友的爱排山倒海一样地压着小丁，所有的私人空间几乎都被远方的牵挂填满了，小丁被无形的牢笼囚禁着。每做一件事之前，她都要仔细考虑会不会有些对不起男友，冷落男友。"还不是因为爱你在乎你啊！"小丁每每想到这句话，总觉得心有所愧，所以也一直迁就男友。但她也知道，这种迁就是以放弃自由为代价的。

可是在爱情里，迁就并不是解药，溺爱在哪儿都该有分有寸。直到最后，小丁终究还是承受不住了。大学的前两年，她的所有自由几乎都用在了这场美好也累心的恋爱上，如果说这场恋爱曾经给她带来过什么的话，大概就是收到远方寄来零食、礼物的时候，单身舍友们羡慕的目光了吧！

02

我有个女性朋友名字里有"迅"字，而且比较男孩子气，大家都管她叫"迅哥儿"，经常跟一个长得还不错的男生在一起，大家都以为是她男朋友，迅哥儿摇摇头，说只是"闺密"。

有次在街上偶遇，就一起聊了会儿。聊到她那个男闺密，迅哥儿说已经不联系了。"他是那种特别细心的人，细心到会注意你的一举一动。我是交朋友的，又不是找台监控器。我曾经提过让他一个大男生心放宽一点，不要老那么细致，像个女生一样。可是他总是说，你是我好朋友，我关心你呀！我烦他的不只是这个，还有他这样无休止地绑架我的自由，却被人误以为是对我的关心，我也很无奈。

"他会频繁地跟你确认'迅哥儿，我是不是你最好的朋友？'我也知道，他很在乎他在我心目中的地位，他认为一个人只能有一个最好的朋友，他怕我有了其他朋友，有了男朋友，有了另一个世界之后会弱化他，他恐惧，害怕被抛弃，就是没来由地害怕，居安思危，有些走火入魔，隔三岔五地问相同的问题，还非要得到肯定的回答，怎么说呢？我觉得有些幼稚，两个人怎么可能有完全相同的生存空间和人际交往圈呢，而且朋友之间整天矫情就太没意思了！"

我说以前大家都知道他对你非常用心，都还预测你们会在一起！迅哥儿说，像他这样安全感系数为负值的人，我也想不出什么办法去帮他，还是让美少女战士来拯救他吧！

在心理学上，对他人过于依赖、缺乏安全感，属于焦虑型社会依恋。这样的人往往会把爱变成一种捆绑，他倾尽全部心思却适得其反，让人觉得被束缚、被占据，觉得烦。没有谁天生有义务被你缠着，于人于己，清醒倒不如难得糊涂。你的恐惧或许也正在变成别人的困扰。反思一下，你是不是焦虑型依恋患者？

他想拉近两人的距离，却因为太过亲近而让人想离开。他无恶意，也足够善良，甚至还会用心到让人感动，可是也正是他的善良和用心，会让人不忍挥手而去，不愿做那个无情的人。这更是一种大写的尴尬，而当尴尬成为两个人之间的常态的时候，基本这段关

系也就无疾而终了。

两个人相处，应当始终是一种游离的状态，一味拉紧会像橡皮筋一样要么弹得更远，要么直接拉断。无论哪个结果，都不是双方最初的期许。两棵小草要光合作用尚且需要一定的距离来获得足够的光照，人何以堪？能成为各自生活中的一部分一定是有天大的缘分，如果相聚之后又渐行渐远，岂不更让人心寒？

尴尬是一份感情中的红灯状态，如果你让人觉得无趣，甚至觉得烦，那就好好充实下自己，整理下心绪再出发吧！给彼此留下些时间空间去填补尴尬的大窟窿，下次再见一定会是个更好的你。

别让你的关心变成一种捆绑，交往中给别人留下足够翻跟斗的空间，才能维持一份长久的感情，爱情友情皆是如此。

别让你的关心，成为彼此分开的理由。

吵架，是一项不理智的剧烈运动

想通过吵架改变一个人的，
最后都无功而返了。
想通过吵架挽回一颗心的，
弄不好就适得其反了。

最近在网上看到不少文章，如《吵架是夫妻很有效的沟通方式》《吵架可以让婚姻更幸福》……我觉得这是在传达一种错误的观念。我不否认偶尔吵架是一种沟通，但绝不是合适的沟通方式，更不是有效的沟通方式。

如果吵架真的那么有利于夫妻和谐，家庭幸福，那夫妻为什么不天天吵架？为什么还要不停地劝对方一定要冷静，一定要理智？

吵架时夫妻双方是失控的。我只听说过很多人因为经常吵架而离婚，却鲜有因为吵架变得更幸福的家庭。

01

结婚之后，阿聪才看到生活的真相，它确实没有什么轰轰烈烈的爱恨情仇，有的只是勺子和锅沿的碰撞，牙齿和舌头的纠纷。可即便如此，阿聪也不止一次有杀死妻子阿茜的冲动。

每一次冲突都起源于一个小小的导火索，比如，早饭吃什么，谁去倒垃圾，错过了三个电话，吃水果要不要削皮……从早到晚，这些冲突像反复发作的口腔溃疡一样折磨着他们。

阿茜有一个说翻脸就翻脸的暴脾气，还有一个说关机就关机的臭毛病，阿聪经常被莫名其妙点起火来，心里的火还经常无从发泄，阿聪感觉自己肯定短命了。

阿聪和阿茜发生冲突的结果，往往不是谁赢了，也不是谁输了，而是谁先累了。

生活是一场长途跋涉，无须什么大风大浪，随便一粒小沙子就足以让你筋疲力尽。

有时候，阿聪感觉自己真的坚持不住了，有一回，他大声说："要是你继续这样，我就去找别的女人！"

阿茜也不示弱，昂首回答："好啊，记得替我谢谢人家！"

忽然间，阿聪发现，他们都病了，不是缺钙，而是缺爱。

他不爱她了，她也不爱他了。

这是他们最后一次争吵。

02

小夫妻床头吵架床尾和，在旁人看来是充满人间烟火气的情景小喜剧，而在杨姝眼里完全是毫无原则的苟且行为。

杨姝不明白，为什么会有一个男人那么厚颜无耻地一次次说谎，打着加班的幌子和狐朋狗友跑出去喝酒，以补贴老家为借口骗私房钱，还用微信小号冒充暖心多金富二代，顶着没满月儿子的头像到处跟人约会吗？

有过几次上当的经验之后，杨姝提高了侦察能力，老公也提高了反侦察能力。终于有一次，在争吵和抢夺中，杨姝把老公的手机摔了。

听到手机咔嚓一声，杨姝是有点心疼的。她自从生完孩子歇业在家，在金钱上就比从前谨慎了很多。

老公看到杨姝神色一动，自知占了上风，就大声数落起她来。

杨姝看他一副得理不饶人的嘴脸，才明白了自己的可笑。生活已经变成这个样子，她居然还在心疼一部手机。

杨姝哭了整整一夜，孩子也跟着啼哭了一夜。第二天，孩子肠胃忽然不好，只得送去医院。

医生看了看杨姝哭红的眼睛，说："孩子没什么大问题，就是你不要哭了，要不然母乳会有毒素，孩子会消化不良。"

杨姝这才知道，原来吵过架的人心情抑郁，真的会抑郁成角落里的毒蘑菇，连奶水都是有毒的。

03

吵架，十有八九结果就是我更加相信我是对的，你是错的。

作为一个经典的小女人，林虹在吵架中的台词也很经典——

"你吼我？你居然敢吼我？长这么大我爸都舍不得吼我，你凭什么吼我？"

"回答我，你为什么不回答我？"

"我不听，我不听，我不听……"

面对这样的林虹，张磊感觉很无语，不说话是错的，说话也是错的。如此一来，张磊更加相信一切都是林虹无理取闹了。

而林虹说了那么多，心里无非就是一句"快来哄哄我！"看到张磊无动于衷，她更加相信张磊不再爱她了。

吵架是夫妻之间效率最低的交流方式。

男人想通过吵架把道理吵明白，女人想通过吵架把感情吵清楚，于是男人和女人狭路相逢各说各话。剑拔弩张之后，两个人都大失所望，更加相信都是对方的错。

04

结婚七年之后，小艾感到婚姻走到了尽头。

他们从早吵到晚，每天为了一点鸡毛蒜皮的事吵得天翻地覆。

可是，毕竟是青梅竹马，一路走来很不容易，小艾和老公对婚姻已经无计可施，却都感到不甘心，他们只好求助于一个很有名气的婚恋大师。

大师听了他们的苦恼，问他们，家里有没有一面很大的镜子？

他们家没有那样的大镜子。

大师说，你们现在有车有房，什么都不缺，就缺一面大镜子，所以才会争吵不休。

这听起来有点好笑，但也不难，他们立刻在客厅里安了一面镜子，有一整面墙那么大。

不久，他们又为一点小事吵架了。他们吵架，镜子里的他们也在吵架。

这时，他们才看到愤怒中的自己，满脸都写着对对方的厌恶。这样一张脸，让他们自己都感到陌生。

原来，在吵架的时候，我们完全处在不受自我控制的状态，像魔鬼附身一样伤害着彼此。

偏偏，我们又只能看到对方，而看不到自己，于是变本加厉，愈演愈烈，变成一场魔鬼与魔鬼的厮打。

看到镜子里魔鬼般的自己，小艾和老公终于停了下来。

05

吵架，是一项不理智的剧烈运动，对爱情而言，稍有不慎就是伤筋动骨。

想通过吵架改变一个人的，最后都无功而返了。

想通过吵架挽回一颗心的，弄不好就适得其反了。

毕竟，吵架不是道理和道理的较量，而是情绪和情绪的碰撞。

而情绪，已然是不受控制的脱轨列车，除了杀伤力，还能带来什么呢？

愿世间所有相遇，都能够白首不离

愿得一人心，白首不相离。

01

阿冠和叶青在很久之后还记得，他们认识的第一天月亮很圆。那天，向来惜字如金的两个人，忽然酣畅淋漓地聊到深夜，那种酒逢知己的感受，每每想起来都如在昨日。

最终，阿冠决定送叶青回家，他们在月亮底下，走过一盏一盏昏黄的路灯，看着脚下一对很是般配的影子，心里生出无限幸福。

阿冠送叶青到家，叶青竟不放心文文弱弱的他独自回去，坚持陪他一起走。待走到阿冠的家门口，后果可想而知，阿冠也对她放心不下。

所幸两个人住得并不远，干脆你送我，我再送你，像做游戏一样来来回回走了好几趟，反正月色正好，又有说不完的话。

"我送你回家"的游戏玩到最后，他们觉得谁也离不开谁了，否则一定会成为彼此一生的牵挂。

就这样，他们很快举行了婚礼。

有趣的是，来参加婚礼的嘉宾们发现了一件奇怪的事情，阿冠和叶青的结婚照有点搞怪。照片里，两个人都满脸皱纹白发苍苍，看起来像是一对历经沧桑的老夫老妻。

原来，他们特意嘱托化妆师，要化出他们年老的样子，以表达他们相伴到老的承诺。

照片里，他们有时戴着老花镜一本正经地看报纸；有时双手握在一起围炉烤火；有时，她为他捶着背；有时，他为她揉着腿。

看过照片的朋友，没有一个不觉得感动。

他们之前见过的结婚照，都是对当下幸福的描画，而这一对新人却敢在所有亲友面前郑重承诺：我爱他，会一直到老。

我们想要的幸福结局，不就是这个样子吗？

02

文燕和梁宾在同一个胡同里长大。

她见过他穿开裆裤的样子，他也记得她拖着两行鼻涕。

有人说他们是真正的青梅竹马，其实呢，她哪里想过要嫁给这个臭小子，他也没想到会娶了这个傻丫头。

只是后来，他们遇见了许多人，遇见的人越多，她越觉得，他们都还不如那个活泼的梁宾，他也觉得，她们全比不上傻乎乎的文燕。

他们的见识从小池塘变成大海洋，他们却像两条小鱼越走越近，终于彼此相依。

文燕一生都觉得庆幸，她没经历过什么两地分居，或者生离死别，他们生来就在一起，然后一直在一起。他的远方也是她的远方，她的故乡也是他的故乡。

最终，经历过所有美好的岁月，文燕即将离开这个美丽的世界。

梁宾拉着她的手，说："上辈子我们一定是商量好了，才生在一处的。下辈子我们也商量好吧，不要找起来太辛苦。"

文燕微微一笑，说："那我们再约定这个胡同好不好？"

"好。"

窗外的老槐树下，似乎又有了两个小小的身影，他正捧了一大把清香的槐花，故意撒在她的白裙子上。

"回忆像个说书的人，用充满乡音的口吻，跳过水坑，绕过小村，等相遇的缘分……"

03

午饭过后，苏苏趴在办公桌上，惬意地听手机播放着"只愿得一人心，白首不相离"。

手机振动两下，来了一条消息。苏苏点开一看，是同事李航发来的。真奇怪，坐在同一间办公室，干吗要发消息？

苏苏想叫李航，问他是不是发错了。不过，她还是先看了看手机，李航竟是跟她讨论歌词，他说，"愿得一人心"算怎么回事，应该是"愿得一心人"，歌词写错了。

苏苏觉得有点意思，平时闷声闷气的李航，居然会主动纠正一句歌词。

她问李航，为什么这么说呢？

李航回答，因为一心人，指的是一心一意的人啊。

好吧，愿得一心人，好了吧？

不好。

怎么不好？

愿得，说明还未得，愿得而未得，当然不好。

苏苏咯咯笑起来，发觉了书呆子的可爱。

就像聊斋故事里的白狐都会爱上书生一样，苏苏也爱上了李航。

他是她的青青子衿，她是他的红袖添香。

他们原本是那么不搭的两个人，最后却成了彼此的一心人。

04

年轻人喜欢轰轰烈烈的爱情，而真正的惊心动魄，却往往是老一辈人口中的云淡风轻。

魏姨年轻时爱上了他们学校里一个叫墨云的男生。

大学毕业，魏姨怀了墨云的孩子，而墨云接到了国外大学的录取通知书。

墨云让她等他，只要三年，他就能学成归来，给她和孩子最好的生活。

然而，在那个年代，未婚先孕不是一件小事，不仅母子两人会受到嘲笑，整个家族也会跟着丢脸。

在父母的逼迫下，魏姨怀着孩子嫁给了当地一个穷木匠。

木匠其貌不扬，但脾气很好，而且很会修东西。

无论家里什么东西出了毛病，木匠一阵叮叮当当就能全部搞定。

久而久之，魏姨习惯了有事找木匠，木匠说一句"别怕，有我呢"，总能让她觉得踏实。

除了会修东西，木匠还很擅长做东西。于是，他们家里经常凭空冒出一个别致的竹篮，一只漂亮的小木碗，以及各式各样的木质玩具。

久而久之，魏姨也习惯了在平淡如水的日子里发现惊喜。

过了六年，墨云回来了。

墨云惊讶地见到了魏姨、木匠和他们膝下的两个孩子。

墨云把成沓的信放在魏姨面前。原来，这么多年，他一直不间断地给魏姨写信，却全因地址错误而投递失败。

他是回国之后辗转打听，才知道她嫁到了这里。

墨云愿意把所有的错误都归结到自己身上，只求魏姨还能给他一次弥补的机会。

木匠很惶恐，虽然他也希望自己能像个男子汉一样，鼓励她去追求自己应有的幸福。

可是，没有她的生活，他是一天都不敢想象的。

他对魏姨说："我知道，你们有文化的人都追求爱情，而我是个粗人，写不出一封像样的情书给你。可我真舍不得和你分开，要是你愿意，我现在开始学文化好吗？"

魏姨说他犯傻，他们为什么要分开？

陪伴是最长情的告白。

在你需要的时候，一句"有我呢"，胜过所有的甜言蜜语。

如果你爱我，不如用一生一世来写一封情书给我；而我，愿意用一生一世去读。

当你老了，我也老了，唯有爱情，鲜美如初。

不是记性太差，
只是爱得不够

肯为你铭记多少，
其实就是他爱你多少。

01

看完电影出来，小蕊要男朋友去帮她买个冰激凌，一会儿男朋友带了冰激凌回来，递给她。她看了一眼却开始生气："你不知道我不吃草莓味的冰激凌吗？你买来谁吃啊？"男朋友解释："人太多了嘛我没细看，随便拿了一个就出来了啊，你那么喜欢吃草莓，那草莓味的冰激凌也可以吧。不要任性嘛！"

小蕊却更加生气了："我就说不要吃草莓味的啊，跟你说了多少次，草莓和草莓味的食品当然不一样啊。上次也是，说是特意为我买的饼干，结果是草莓味的，你不知道我不吃吗？你拿这些来敷衍我是不是，你到底有没有关心我啊？"

男友也非常不满："你就是无理取闹，那么多东西我哪能一一辨认？我记性差嘛，不就错拿了几次你至于吗？我真不明白，你既然喜欢吃草莓，那怎么会这么讨厌草莓味的东西呢，你就不能吃吗？我每次还要这样注意来注意去的很麻烦哎，你可不可以不要那么麻烦？"

男友这样的回答更激怒了小蕊，这次不仅仅气男友的粗心和记性差了，反而激起她更多的愤怒："第一，草莓和草莓味的食品怎么可能一样，我跟你说了无数次你怎么就是不明白，还是你根本就不想明白？第二，我还不能有个偏爱和讨厌的食品了？我又不是猪你买什么我都能吃。第三，也是最重要的一点，我麻烦？我就不想吃草莓味的冰激凌我怎么麻烦了，那里那么多口味你就那么随便一拿就拿到我最讨厌的口味，还说我麻烦？如果你连这都觉得麻烦的话，那我还不如自己去买好了。"

男友顺着她的话说："对呀，那下次你自己去买不就好了吗？"

"对呀，冰激凌我会自己去买，电影我也可以自己去看，对了，恋爱我也不用找你谈了！"小蕊扔掉那个冰激凌，愤愤离去。

在男女朋友吵架时，常常听到对方的辩解是："对不起我忘了嘛，我记性不好你又不是不知道。"于是约会迟到可以忘了时间，忘了买你最喜欢吃的肉松面包，忘了你其实不喜欢看科幻电影，甚至忘了临睡前的最后一句晚安。你以为他是真的记性不好吗？不，傻姑娘，他只是没那么爱你。

真的爱你他会记得你所有微小的生活细节，并把它变成他自己的习惯。生活没有那么多的大风大浪，多的是细枝末节的琐碎生活。也许你爱的东西他不一定爱，可他一定会记得你喜欢；也许你讨厌的东西他不一定讨厌，可他一定记得你不喜欢。把你喜欢的东西放得离你近一点，再近一点；把你讨厌的东西推得离你远一点，再远一点。对你关怀体贴，对你温柔照料，和你一起开心一起快乐地度过在一起的每个平凡日子，这不就是相爱的意义吗？

如果他连给你买草莓而不是草莓味冰激凌的潜意识都没有，那么他还会给你带来什么？难不成是偶像剧里的山盟海誓地久天长？

姑娘你千万别信，那都是扯淡！

02

看《北京遇上西雅图》时，汤唯在里面说："也许他不会带我去坐游艇、吃法餐，但他每天早晨可以为我跑几条街，去买我最爱吃的豆浆油条。"现实中不会有那么多的男朋友有钱天天带女朋友坐游艇吃法餐，在平凡普通的日子里，一个愿意放弃睡懒觉的时间为你跑几条街去买豆浆油条的男人，姑娘啊，你千万记住：此等男人，千金不换！

千金有时尽，情意几时得？

这是真的爱你的男人会有的样子。他不会忘记你喜欢几条街外的豆浆油条而不是楼下早餐店里的三明治，他不会忘记你喜欢麻辣火锅锅底而不是清汤，因为他喜欢看你被辣出眼泪吸溜着用手对着嘴巴扇气的样子，这样子那么可爱，怎么能忘，怎么可能忘？

03

去年朋友阿南打算和一个刚认识三个月的男人闪婚，消息传来时我们都很惊讶。赶忙把她叫出来探听情况，怕她一个头脑发热冲动行事，别害了自己。可是阿南看着我们非常坚定地说："相信我，是真爱。"

原来刚交往不久时，有次她男朋友无意间提到自己睡眠浅，要入睡很难，可一旦真的睡着了叫起来又很难，有几次还差点误了工作。阿南就奇怪地问："我怎么没发现，你跟我在一起没有迟到过啊。"男朋友调皮地笑了笑，伸出双手："我设了十个闹钟，你说能不醒吗？要见你总不能忘呀。"他说得自然开心，像个胜利自豪的孩子。阿南心里却很触动，觉得这个男人很可靠。她知道要叫醒一个熟睡的人起床其实很困难。

但真正让她下定决心的，是在一个朋友的生日聚会上。大家举杯喝酒，吃菜喝汤，聊得很开心，当阿南想去盛碗甜汤时却被男友阻止："别喝那个吧，里面有桂圆。"阿南细看，原来里面真的放了几颗桂圆，她自己都没注意。其实阿南本身酒量不错，只是不常喝，但唯独不能把桂圆和酒混在一起，曾经因为吃了桂圆后喝酒过敏，医生也说过要她注意。但毕竟喝酒吃桂圆的概率并不大，时间久了她也不会特别在意。有次聊天把这当作糗事讲给男友听。说完连自己都忘了，却没想到他还记得。

阿南拿着勺子愣住了，转身朝向男友，看见一张对她微笑着的脸，很温柔，很安全。她就在那一刻决定：就是这个人了。这就是我要嫁的，能给我幸福的人。

阿南说，其实他完全可以不记得的，可他怎么就记得了呢？我问他怎么记得那么清楚，你知道他怎么说吗？

他说："我也不知道，就自自然然记得了。"

没有什么夸张或漂亮的好听话，就是这样简单纯粹的回答，却俘获了她的一颗心。不是什么震动人心的大事件，也不需什么地震火宅相拥逃亡的新闻大爱。就是这颗为她记着的心，让她明白爱，感觉爱。

阿南说，这是她听过最温暖的话。

04

真正爱你的人所为你记得的，不都是这些与你唇齿相依的小事吗？

因为喜欢你，因为真的爱你，所以你的一切听在心里就放在心里，不需要列个公式去记。爱情不是考试，却有太多人无法通过。究其原因不是谁的记性差一点，不是谁不够温柔体贴，而是他的那颗心，有没有放在你身上。

其实他没有那么多缺点，只是他的优点没有向你展现。

那个不记得你是爱草莓还是爱草莓味冰激凌的人不是他，那个数落你的人不是他，那个嫌你麻烦的人更不是他。而那个，主动把你喜欢的豆浆油条推到你面前的，陪你看话剧的，主动帮你切掉面包皮的人，才是他，并且只是你一个人的他。你明明白白知道他的爱，知道这爱足够撑起你一生风华。

肯为你铭记多少，其实就是他爱你多少。麻烦与否，任性与否，照顾与否，其实不是爱的硬性条件，爱的最大条件，唯有此心而已。

爱情不能将就，
婚姻更不能将就

如果这个世界上曾经有那个人出现过，其他人都会变成将就，而我不愿将就。

——《何以笙箫默》

01

逃婚，这种在电视剧里才会发生的情节，居然活生生在我身边上演。

迎亲的车队停在门口，新娘却已逃之夭夭。围观者站了里三圈外三圈，正议论得不亦乐乎，而新娘的父母，显然没料想到这样的阵势，呆呆地紧握手机，就差没报警。

这个新娘芳子我认识，确实离谱得不像话。单说相亲，当年就相了不下一百场，过足了面试官的瘾。每次相亲结束，七大姑八大姨立马围上去："怎么样，这个没问题吧？"芳子却不慌不忙，咂摸半天说道："脸上有个痣，不行。"众人不信，回头一看，果真有个痣，只有芝麻那么大，不仔细看谁能看得出来。

芳子挑到二十七八岁，当父母的不愿意了，开始做芳子的思想工作："金无足赤，人无完人，哪能什么毛病都没有呢，差不多就行了。"就这样，芳子终于订了婚，喜帖发得满大街都是，结果婚期一到，竟开了这么大的玩笑。

我再见芳子的时候，逃婚一事，已经作为一个曾经的故事，芳子也如人所愿，过上了相夫教子的生活。偶尔一次提起来，我们问她："后悔吗？"芳子说："我只觉得抱歉，不觉得后悔。"

原来，当年的芳子也深知自己挑剔，却不明白自己为什么挑剔。直到临近结婚，她才越来越清楚地看到自己内心的抗拒：她一直想办法给他们挑点毛病出来，是因为她根本就无法接纳他们。她知道他们不是自己要找的那一个，所以才吹毛求疵地找借口拒绝他们。退一步讲，就算他们没什么毛病，她就可以嫁了吗？她要嫁的，只是一个看起来没什么毛病的人吗？她被这个突然冒出来的想法吓坏了，然后落荒而逃。

被她临场放鸽子的那个人其实没什么毛病，所以她觉得抱歉；她不能单单因为他"没什么毛病"就嫁给他，所以她不后悔。

02

相比而言，有一对老夫妻就悲惨得多了。儿子上个月才结婚，老夫妻这个月就离婚了。民政局的工作人员看着眼前可以被称作大叔大婶的人，说："这不都老夫老妻了吗，怎么还这么冲动呢？"老夫妻异口同声地回答说："为了孩子，我们已经将就着过了大半辈子，现在再也不用将就了。"这句话，或许成了他们最终唯一的默契。

爱情不能将就，婚姻更不应该将就。婚姻中的将就，是全方位的，柴米油盐酱醋茶。大到对外的社会交往，小到床头枕上耳鬓厮磨。洗衣做饭可以请钟点工，但两个人身体上的接触却没办法避免。

在将就的关系里，本来是亲密美好的接触，也有可能变得如同被强暴般难受。话说难听点，就算是一夜情，大家早晨道个别，以后不见得再见。而长久的关系，抬头不见低头见，想摆脱都不容易。明明有个人在眼前，形式上不孤单，但精神上无法沟通却比一个人时还要难过。

03

陶子，曾经的同事。做了三年剩女，终于在父母的压力和内心的煎熬下，选择了相亲，并觅得一个看似不错的男人，两人很快步入婚姻殿堂。婚后半年多，陶子发现老公嗜酒，还经常喝醉，醉后动不动就打人。亲朋好友都劝她离婚，而陶子觉得，虽然老公这样的行为她难以接受，但还不至于上升到离婚的地步，毕竟他没有下死手，而且醒酒后他会主动道歉。再说，如果离婚后再找一个类似的人呢？就这样凑合着过吧，反正一辈子也不长。

这一凑合就是三年。男人酒后打人的毛病越来越严重，下手也越来越狠。三年里，她遭受大大小小的打骂不下十次。直到春节后的一天，男人再次醉酒后把她和孩子一阵毒打，陶子为了保护孩子，右臂骨折。

这次陶子选择了离婚。

离婚一年左右，在朋友的介绍下，她认识了一个离异的男人。虽然男人带有一子，也不善言辞，但对她和孩子非常体贴。于是，两人就组建了新家庭。

在一次聊天中，谈起自己的生活，陶子说，早知道离开他这么幸福，我也不会将就着过那么多年。

所以，宁愿等不到对的那个人，甘于寂寞，也不要试图和错的人一起将就，一辈子遭受折磨。

04

我知道有很多人，凑合爱着，凑合活着，一不小心就是一生。

该恋爱了，该结婚了，该买房了，芸芸众生的宿命催促着我们，用惯性推动着我们，我们成了大河里的一粒沙子，在命运的裹挟下渐渐站不稳脚跟，痴痴守望的那个人迟迟不来，我们有时候想，自己是不是过于偏执，自己这一生，是不是也可以将就一下？

可是我们仅此一生，怎能如此慷慨大方，与一个自己不爱的人分享？更何况，你的分享、你的将就并不能给人带来真正的幸福。

将就的爱情，就像树梢上的鸟窝，在命运的考验下摇摇欲坠，一旦大风袭来，覆巢之下，安有完卵？拿自己和他人的幸福下赌，顺带还要牵扯无辜的孩子，这样的生活，其实得不偿失。

如果将就下去了，你要用一生去应答那些毫无感觉的对白，去拥抱那些从未为之心动过的灵魂。如果将就不下去了，你要破釜沉舟，妻离子散，背负着沉重的愧疚重新来过，还要赔上最好的年华。

当爱情变成将就，你愿意凑合过吗？

PART 06

当我下定决心要与你走过千山万水的时候，
你需要做的，就是告诉我你也喜欢这样

陪伴是最长情的告白

爱情里最重要的是你，
别的附加品再重要都没有你的态度、
你的相伴、
你所给的温暖与宠爱更让人感动与沉迷。

恋爱时的分离是痛苦的，见一面是那么困难，每日饱受着相思之苦。历经千辛万苦为的就是能和他在一起，能够顺利在一起也是难得的福分，而在一起了却不去陪她，对于女人来说，这种经常独守空房的爱情还不如恋爱时的分离。至少前者还是甜蜜的，因为你也会想他，而后者的生活却淡如白水。

有人说生活本来就是如此，可也要时不时给平淡的生活增添些浪漫与温馨，重温那段感情，给生活添把火，以免白水滋养了细菌。

01

丁宁是个时尚美丽的女孩，工作能力很强，时间长了颇得公司领导赏识。每次与别的公司洽谈，她都能说服别人。她的侃侃而谈，以及很有自己想法的个性赢得了投资商容莫的喜欢。

容莫的家族都是做生意的，高富帅的他是有过一次婚姻的，而他的妻子背叛了他。遇到丁宁让他怦然心动。

名牌包、限量版的鞋子……这些奢侈品让丁宁在公司赚足了别人羡慕的眼光。容莫很用心，知道女人的喜好，送的礼物深得丁宁喜欢，丁宁也很享受他为她所做的一切。

两人坠入爱河。丁宁升级成了阔太太。

容莫让丁宁辞去了工作，他说他养她，好感人的情话。于是丁宁过上了所有女孩梦寐以求的生活，住着豪宅，有保姆伺候，每天只需把自己打扮得光鲜靓丽就可以了。可之后的生活却不是丁宁想要的。

02

因为容莫前妻出轨的教训，他对丁宁看管特紧，不得私自跟朋友出去玩，也不得往家带朋友，而他因为工作却没有时间陪丁宁。丁宁也试着跟他谈不要太束缚自己，她会有分寸。而口才如此好的丁宁却劝不了容莫，他们有了争吵。

容莫对丁宁如同看管犯人，家里有监控，出门有人盯，还不允许她上班去接触那么多男人。丁宁真的快崩溃了，为了爱他，她没了朋友，没了喜欢的工作，更没有了自由，每天守着空荡荡的家。

某天丁宁一直等到很晚容莫才回家，便跟他说："以前你还会陪我的啊，抽些时间多陪陪我好不好？"可容莫说："以前是谈恋爱，现在得生活，不能谈一辈子恋爱吧？"丁宁说："挣那么多钱干什么，好好享受下生活不行吗？"而容莫总会说："我辛苦挣钱还不是为了你吗，你懂什么……"又是无疾而终的谈话。

一个人吃饭，一个人睡觉，一个人看电视，一个人发呆……似乎回归到了单身的时候。不同的是有了家，却是没有陪伴和关爱的家，冰冷的家，冰冷的环境也会让心慢慢变得冰冷。丁宁的爱只剩孤单寂寞。

都说物质决定幸福，宁可坐在宝马里哭也不坐在自行车上笑。虽然物质很重要，可没有物质可以一起拼搏，还是会有幸福，而只有物质没有爱情，却是不会幸福的。

03

晴晴是公司的小职员，单身。每天面带微笑，朝气蓬勃的样子，让人忍不住喜欢，跟办公室的同事关系都处得特好。所以，周围人也操心起了她的婚事。

最后，李姐介绍了她老公公司的一个年轻的经理俊杰，人如其名，学历高又特拼搏的一个青年，就想着等到自身物质条件都好了，让人觉得有安全感，而不会嫌弃他没车没房的时候，安稳地找个适合结婚的对象。

晴晴的可爱漂亮吸引了俊杰的目光，他便开始了疯狂的追求。送花，送巧克力，年轻人该有的浪漫一样不少，没有谈过恋爱的晴晴自然是觉得幸福到家了。做了恋人后，俊杰会带晴晴去吃她喜欢的好吃的，陪她逛街，耐心十足。

就这样，幸福的晴晴在自己生日那天答应了俊杰的求婚。不久，他们结婚了。

这是公主王子般的童话故事。婚后晴晴一直在上班，同事每天都能看到她接电话时眼睛里藏不住的幸福。

更甜蜜的是晴晴怀孕了，两人高兴得不得了。为了孩子和身体，晴晴也不怎么逛街了，休班就在家看看电视，网上买点东西。不知不觉就到了临产期。

生孩子的痛真的很折磨人，足足一天，疲惫不堪的晴晴终于生下了可爱漂亮的儿子。俊杰特高兴，吻着晴晴的额头说："老婆，辛苦了。"晴晴觉得所受的苦都值了。

俊杰了解晴晴在家的辛苦和烦闷，有空便开着小车带他们出去转转。三口过得幸福美好，不追求大富大贵，只平静平凡地生活，也依旧让人羡慕。

04

女人本来就是多愁善感的，工作压力又大，有孩子更是操碎了心。空闲的时候陪她看电视剧、看电影、逛街、吃美食，或是旅行，都可以让她放松一下心情，增进感情又可身心愉悦，何乐而不为？她会记住你陪她的日子，为她所做的事。而不是只给她钱花，家中却没有男主人的身影，落单的生活即便奢侈却更难熬。

家庭的温馨更是拿钱买不来的。少些应酬，多些陪伴，多些谅解，比给物质更贴心更让人有安全感。聊着天吃着两人一起做的晚饭，这种简单的生活比独自挎着名牌包吃西餐更让人羡慕，更值得让人回味。

有你有她才叫家，哪怕租房也一样有家的感觉。等到年老，满头白发的你们，还能牵手漫步在公园，回忆着年轻时在一起的点点滴滴，回忆着为彼此所做的事，这才是爱情的最高境界，这才是最长情的告白。

爱情里最重要的是你，别的附加品再重要都没有你的态度、你的相伴、你所给的温暖与宠爱更让人感动与沉迷。

其实，
我不想和你做朋友

当我下定决心要与你走过千山万水的时候，
你需要做的，
不是继续引诱我，暗示我，
而是牵起我的手，
告诉我你也喜欢这样。

01

三更半夜，微信群忽然热闹起来，把熟睡的我吵醒了。

原来，刚刚有两个蠢萌的微友聊情感话题，聊了半天惊呼一声："天哪，我忘了这是群聊！"然后，群里一直沉默不语的闲杂人等陆续冒出来看热闹。

肇事者已经逃之夭夭了，被吵醒的我也睡意全无，干脆幸灾乐祸起来。到底是什么事，让围观者这样饶有兴趣，事主又这样大惊失色？

一条条翻上去看，原来是微友阿兔在请教微友迪子："你们90后都这样跟人自来熟吗？"

阿兔讲述了自己的经历：她所在的部门来了一个刚毕业的大学生，非常阳光帅气。最初，她虽然觉得不错，但也没有什么想法，因为她比他大五岁，而且还是他的上司。

她从来没有打算跟自己的下级暧昧不清，因为以她工作多年的经验，她知道那绝对是件冒险的事。

但这枚刚刚踏入职场的小鲜肉似乎对她情有独钟，每天午饭都要和她对坐，不仅会说一些暧昧的玩笑，还当众为她轻理云鬓。有一回，他们一起外出办事，奔波了一整天，在回来的公交车上，他说："你累了就趴我肩上睡会儿吧。"

小鲜肉时常做出的暧昧举动让阿兔心里感到很暖，忍不住开始思考很多不可能的可能。与此同时，公司里也传起了许多流言，甚至有人来问她是不是快要结婚了。

唯一美中不足的是，那枚让她春心荡漾的小鲜肉什么也没对她说。

禁不住朋友的追问，她终于趁着没人的时候问他："你觉得我们两个是什么关系？"

对方大吃一惊，眨着无辜的眼睛说："我们是很好的朋友啊。"

本来，她已经为爱鼓起了十足的勇气，听了他的回答，这些勇气瞬间变成她心底一声长长的叹息。甚至连那句"其实，我不想和你做朋友"也走到嘴边，停了下来。

在他眼里，她成了自作多情的怪咖。她不知道该怎么办。

迪子听罢，劝她快放手，说："对与你玩暧昧的男人一定不要多情，就算他常常拉你出来，天天和你坐一起吃饭，就算抱过，牵过你的手，也依然不代表什么。真正喜欢你的人不会和你玩暧昧，和你玩暧昧的人未必真正喜欢你。"

天真的阿兔竟把那些暧昧的玩笑话当真，而沉默不语的那一个，很可能正像群里幸灾乐祸的网友一样在等着看热闹。

02

青春像是一个冷笑话，只有多年之后，我们才发现当年的笑点在哪里。

阿萱一毕业，就幸运地和男朋友沈文进入了同一家公司。比起那些因为工作问题而分居两地甚至劳燕分飞的情侣，他们觉得自己很幸运。

然而，在做入职体检时，沈文被查出有乙型肝炎。这没有影响到他的工作，却给他带来了不小的思想压力。

考虑到未来生活的不便，沈文提出和阿萱分手。阿萱没有同意，因为在她看来，如果爱情连乙肝这样小小的障碍都翻不过去，那爱情还有什么用呢？

从那以后，沈文和阿萱的爱情进入了一个古怪的模式。阿萱觉得这是一场在经历着某种考验的爱情，所以百折不挠地爱他。沈文觉得这场爱情对阿萱没有好处，所以咬紧牙关不回应。

外人不明就里，只看到这对恋人，一个热情似火，一个冷若冰霜。

只有在阿萱伤心的时候，沈文才会格外开恩地抱一抱她。所以有时候，阿萱也会故意为一点小事做出生气的样子，耍着内心的小聪明。

身边的朋友都陆陆续续地开花结果，只有他们的爱情还在止步不前。

阿萱的主任结婚，特意端了喜酒到沈文跟前，说："我们家阿萱是个好姑娘，今天当着大家的面，你得表个态吧。"

沈文窘迫地站在那里，挤出几个字："我们现在只是好朋友。"

听完这话的阿萱不知所措，接过主任手中的酒一饮而尽。阿萱替肝脏不好的沈文挡掉了这杯酒。

"可我不想和你做朋友。"阿萱眼含泪水,夺门而出。

从此,你走你的路,我过我的桥。

在沈文看来,放弃阿萱是不想给她的人生增加困难。而在阿萱心里,最大的困难就是放弃自己心爱的人。

若干年后回想起来,阿萱禁不住慨叹:"从前我以为爱一个人,最伟大的是等待。现在才明白,爱的伟大在于接受。接受他的过去,也接受他的现状。我们都要为爱情的现状负责。就跟相貌一样,无论美丑,这是我的,我负责。"

显然,这话是说给沈文听的。

03

爱情是一份契约,这份契约必须两个人签名,才能生效。

倘若你投石问路,我抛砖引玉,两个人相互试探,相互猜测,没有建立一个明确的关系,那只能像京剧里的小生一样隔空比画,无法称之为武打,也无法称之为爱情。

当我下定决心要与你走过千山万水的时候,你需要做的,不是继续引诱我,暗示我,而是牵起我的手,告诉我你也喜欢这样。

恋爱，不一定是两个人的事

两个人在一起的时候，
希望多点有你的时光。
分手后，却想早点逃离有你的现场。

小艾故意咳嗽了一声，对面的男士才若有所悟，从单口相声中抽离出来。他看着小艾问道："艾小姐平时有什么爱好？"

小艾轻声答道："看书，听歌，逛街。"

"那你平时都喜欢看什么书？听什么歌呢？"

小艾咽下嘴里的肉说："书嘛，偶尔看看《金瓶梅》什么的，听歌……就听听《洪湖水》或者《大刀向鬼子们的头上砍去》之类。"

男士的笑脸瞬间僵尸化，沉默片刻后挣扎着试图转移话题："艾小姐，现在从事什么工作呢？"

小艾放下叉子，吸了一口鲜橙汁："哎，你听说过安利吗？"

男士彻底沉默了。

最终，两个人的谈话止于埋单。

小艾怀着内疚的心情看着离去的男士："对不起，其实我不想伤害你，只是我现在真的没心情谈恋爱。"

01

小艾一个人坐在教室里，心不在焉地翻着书本，眼睛早已飘到了窗外。每天这个时候，在这个位置看刘浩打篮球是最舒服的。在阳光下挥汗如雨的刘浩，看起来更加帅气迷人。

刘浩是小艾的高中同学，高高帅帅的样子，深得女生喜爱。

而小艾不过是一只丑小鸭，稚嫩的身体还没长开，像一朵尚未开放的小花苞。

但她却在心里默默立下了爱的誓言，非刘浩不嫁。从此她的生活变了，她开始上课偷拍照片，相册里全是她和刘浩的拼图；她开始写"说说"，QQ 空间里全是她想对刘浩说的话；她开始写故事，故事里的男女主角全是她和刘浩。

没有人知道她暗恋谁。那个男孩跑到球场上打篮球时，她会偷偷坐在教室里最好的位置，默默给他加油。上课的时候，她会把课本高高立起，不停地用余光瞄他的背影。下课回宿舍，路过男生宿舍楼，她会故意放慢脚步，希望能听到些许的动静。

但是刘浩根本不知道有这么一个女孩，如此喜欢他。

暗恋很痛苦，比暗恋更痛苦的是分离。一年之后，高中分文理科，他们去了不同的班级。小艾想改，可老师建议她学文，因为她的记忆能力很强。

从此两个人之间，多了三间教室，对小艾来说犹如三座大山。每天课间 10 分钟，她都会借上厕所的机会绕到刘浩的教室门口，只为看一眼。

如果能在教室门口偶遇，小艾还可以甜蜜一整天。

高考前的最后一个月，小艾连续几天路过刘浩的教室门口，都没有看到熟悉的影子。问了他同学才知道，刘浩已经退学了。

听说去当兵了。

那几天小艾犹如丢了魂一般，经常一个人坐在教室里，对着篮球场发呆。

一坐就是一下午。

有时候会禁不住失声痛哭，把到教室学习的同学吓一跳。

最后，空荡荡的教室只剩她一人，和刘浩模糊的背影。

高考结束，小艾把相册里所有的照片打印出来，带着厚厚的一本相册，她南下去了福建。据说，那里有她心爱的男孩。一路颠簸，一路期待，到了福建边防部队，得知刘浩已经被借调去了新疆边防部队。

小艾站在鼓浪屿的街头，看着"爱转角"的字样，再次泪如泉涌。

02

上了大学的小艾，已经从花苞长成了美丽的花朵，芬芳四溢，吸引了不少优秀男生，但她一直没有谈恋爱。因为，她心里始终住着一个人。

她一直还保留着那本相册，那时她十六岁，他十八岁，两人的拼图。

每天她总要翻上几遍。

如果这个世界可以找到一个人收藏的照片比你自己都多，那一定是深爱你的人。

毕业之后，小艾找到了一份不错的工作，不但能养活自己，还有很多富余的钱。每天下班之后，她最快乐的事情就是回到自己的小屋，翻开相册，一页一页，回忆当初偷拍刘浩的场景，回味着自己当时的心情，时而傻笑，时而发呆，时而冒出一句话："刘浩，你在哪里？我好想你。"

就这样，一夜一夜，小艾总是在回忆中睡去，也许只有梦里她才能见到自己的刘浩，因为睡梦中的小艾一直在笑。

偶然一天，她发现刘浩的 QQ 个性签名更新了，这让她欣喜若狂。绝望的小艾，突然看到了希望，疯狂地在 QQ 上给他留言，并四处打听他的电话。最终，她要到了他家的座机号码。

"你好，是刘浩家吗？"她小心翼翼地问着，生怕出现什么差错。

接电话的是刘浩的母亲，她问："你是谁？"

"我是艾小绵，刘浩的老同学。"

"噢，你是明天过来参加小浩婚礼的吧？"

小艾怔住了，整个人仿佛从云端跌入万丈深渊。千辛万苦找到他，他却要结婚了，不早不晚，恰是明天。

小艾像傻子一样撂下电话，拿起相册，自言自语道："刘浩，你为什么这样对我，消失了这么多年，好不容易出现，却要结婚了。你让我怎么办？"

日子就这样在绝望中蹉跎了四年。好在情场失意的她，职场得意，凭借出众的工作能力，得到了领导的赏识，很快成为公司的中层干部，成为上司眼里的得力助手，同事眼里的干练白领。虽然这

四年里依旧有不少优秀的男生追求她，也被家里逼着相亲好几次，但都没有成功。

03

春节，小艾回家过年，在同学聚会上遇到了刘浩。

他依然是那番模样，岁月在他脸上留下了太过明显的痕迹。

他和她谈论着自己的妻子，自己的孩子，自己的工作……这完全不是她想象中见面的样子，完全不是。

从来不喝酒的小艾，那天喝得特别多。

大家都开着玩笑，回忆高中时的趣事。揭发每个人的恋爱秘史，居然有个不起眼的男生还暗恋过小艾，他现在已是当地有名的老板，开着一辆卡宴，甚是有面。那个男生说，他曾经偷拍了很多小艾的照片，然后拼图到一起，做成了一本相册，至今还在家里的保险柜里。

小艾笑了，原来偷拍的人不止她一个。

大家都喝得差不多的时候，刘浩不知道什么时候坐到了小艾的旁边，凑到小艾的耳旁："你暗恋过谁？"

这一问就让她崩溃了，她跑到外面阳台上，趴在阳台上就哭了，仿佛压抑了十年的泪水，一下倾泻而出。

刘浩看着哭成泪人的小艾："是我吗？"

"你可以抱下我吗？"小艾用渴望的眼神看着他。

刘浩慢慢伸出双手，把小艾紧紧拥在怀里，任泪水打湿他的衣裳。是啊，一个姑娘把最美好的年华全部倾注在了自己身上，从一朵含苞待放的花蕾，到如今一瓣瓣凋谢。还有什么比一个女孩的青春年华更宝贵的呢？

"对不起"是他留给小艾的最后一句话。

那天晚上是刘浩送小艾回家的，小艾把相册落在了车上，也许是故意留在了车上。

第二天一早，小艾就飞回了上海。因为，下午她还有一场相亲。

04

两个人在一起的时候，希望多点有你的时光。分手后，却想早点逃离有你的现场。

曾经我不知道什么叫恋爱，问过很多人，现在我才知道，恋爱原来就是一个人喜欢一个人，它不一定是两个人的事。

不陪 TA 走过艰难，
凭什么分享 TA 的灿烂

对我们最重要的，
到底仅仅是钱，
还是相伴相守共创希望？

豆豆在微信群里发了一句话:"帆船能驶进童话、神话,轮船就驶不进。"接着又发来一句:"为什么呢?"

豆豆和男友分手了。

01

他们在大学相恋四年,一起走过彼此最青春灿烂的时光,一起看过冬天的雪,一起吃过夏天的同一个冰激凌,一起爬山看过日落,也一起兼职擦过彼此脸上流下的汗水。本来她以为会继续这样度过很多很多个四季,可是没想到,连毕业后的第一个冬天都没能熬过去。

曾经爱得那么轻松,可如今还是分手了。

离开干净有序的宿舍,离开校园筑造的堡垒,不再需要为挂科逃课烦恼,但也没了父母每个月的生活费。所有生活一力承担,柴米油盐衣食住行,桩桩件件都要亲力亲为、费神费力。你心情好坏不重要,下个月的房租才重要。你浪漫单纯的爱情不重要,他有没有能力养起一个家才重要。

他愤怒难过时也流泪,求豆豆:"给我一点时间,等我工作稳定,我会赚到钱付我们房子的首付。我知道我现在一无所有,可是这不代表我一辈子都一无所有,你给我几年时间,我会多做几份兼职,你留下来吧。豆豆,我求你了。"

豆豆也哭:"我不能靠你兼职养家啊!我要等多久呢?我不要再

住这狭小逼仄要跟许多人抢公厕的小房子，我不要再每天挤四趟公交，你知不知道，我精心化好的妆，挤个公交车下来就全花了。我喜欢你，可是我穷怕了。"

豆豆没有那么多的青春等他成长，毕业仿佛倏忽而至，大家都毫无准备，带着考下来的几个证和一身青涩，就这样被时间催促着跳进了实习就业的大潮里。

他们没有背景，靠着投出去的大堆简历，发出一个个希望，再捕捞一个个有可能的希望，终于找到一份薪资不高但也算稳定的工作，开始油盐酱醋的现实生活，这就是他们真正人生的底子，可是这底子实在不那么容易堆砌，金钱不那么容易积累，一个有房的家看起来还很遥远。豆豆说："对不起，我要的你给不起，我放弃了，我们分手吧。"

"帆船能驶进童话、神话，轮船就驶不进。"这本来是木心的一首诗，很浪漫的一首诗。恋爱的时候豆豆觉得这句诗很浪漫，用来当 QQ 签名。如今生活不是童话，这句见证了他们当年幸福与甜蜜的诗，现在却再一次见证了他们的分离、苦涩。其中滋味，连我这个外人看了也只剩默默感慨。

我们终究要的，是轮船而不是帆船。

我本来是这样感叹，但没想到群里朋友却不屑。

一个朋友说："每年都有这么多毕业生，只有你一个人要挤公交车吗？"

另外一个朋友说："所以你觉得离开他，你就能找到一个又帅又土豪的人对你一见钟情吗？别傻了，你不肯跟人家同甘共苦，凭什么要求他和你分享荣华富贵？与其分手不如学学莹莹。"

02

莹莹是我们的另一位朋友，学电子商务。大二的时候就经常和男朋友一起逛批发市场。在别人逛街约会看电影的时候，他们却在各种小商品批发市场里逛，同学笑她选了个一点也不浪漫的男朋友，而她却乐在其中，继续和男朋友在市场里晃荡，也不知道那里到底有什么宝藏。

直到大三下学期，莹莹和男朋友一起开了个淘宝店，我们才知道原来他们经常去逛小市场，是为他们创业做准备。

据莹莹说，学了电子商务这个专业后，比别人更知道淘宝店铺容易开，运营、赚钱却很难。她早就对这些感兴趣，于是就拉着男友去熟悉市场，说那是他们的"未来约会"。他们两个都很上进，分别拿了校级和国家级奖学金，就在大三下学期用这笔钱开了家卖饰品的淘宝店，由于他们早就熟悉那些饰品的批发价、行情，与两家老板谈妥，以最优惠的价格拿到了一手货源，这就省下很多钱，几个月就回了本。

到毕业，许多人在为找工作忙得焦头烂额时，她已经和男朋友从广州和义乌考察回来，重新设计店铺，不仅卖饰品，还开始卖衣服。毕业后的第一个冬天，他们已经小赚三万多，还计划再努力一年就可以进驻天猫。

他们的生意渐入正轨，引来很多朋友的羡慕，当然更多的是羡慕他们的恋情。

别人毕业就分手，他们却越来越牢固。许多女生在抱怨男朋友赚钱太少，未来没有希望时，莹莹却说："希望不是靠男朋友给的，而是要你们一起创造的。你只看到我们顺风顺水，但你不知道看货比价的时候，我们到处跑到处谈，很多时候顾不上吃饭。为了省一块钱车费早上五点多就起床走路，那么多的批发市场那么多的摊位，我们几乎都跑遍了。他也说因为没有好好照顾我觉得很愧疚，但我不觉得，我觉得我们是在创造一个家，没有背景，就只好自己脚踏实地，还好他最大的优点就是上进，许多时候要是没有他，我恐怕就坚持不下来了。而且我觉得，等以后我们有钱了，就没有心情再去走路了，哈哈，这样想想我就觉得，只要和他在一起，怎么样都是甜甜蜜蜜的。

"最重要的是，我现在和他一起共患难，以后才有资格骄傲地站在他身边，共享他的灿烂'钱'程嘛。

"怕的不是男朋友没钱，而是在他身上看不到生活的希望。"

03

也许我们都应该想想，对我们最重要的，到底仅仅是钱，还是相伴相守共创希望。

对他多一分支持，多一分照顾，让你的体贴给予他更多努力的力量，让他在加班回家的路上，正疲累的时候，看到一盏等待守候他的灯，那他会不会更有勇气去拼，去奋斗？让他在吃一顿简单的午餐时，想到家，想到你，所以更要不断往前冲，让汗水、让温柔都化成彩虹，相信总有一天，你们会开花结果。原本简单的爱，在日渐成长的岁月里慢慢厚实，最终那份坚定走过的艰难，让你们变得更加灿烂。

你和他都不用犹疑，对，没错，你们之间就是爱，就是深深的、经过考验的爱，相信彼此已经在最艰难的日子里一起携手，从今以后他就是那个会珍爱你、保护你、照顾你的人，你们注定要相伴一生。而相伴，才是爱情最后最应该拥有的样子。

04

大家都羡慕李安，也羡慕李安夫人的眼光，羡慕她怎么就知道他会发光发紫，羡慕她最后终于收获了一个名利傍身还愿意陪老婆买菜的好男人。可是又有几个人愿意陪你身边的人一起走过那段不为人知的黑暗日子呢？

在你不知道那困苦之路要走多久才能到尽头时，你是不离不

弃，还是撒手离去？你是为了爱而坚持下去，还是挥手别离？其实不管如何选择都是自己的选择，也都不能说正确与否。只是你若要他光辉，却又不肯在黑暗时相陪，这样轻薄脆弱的爱，又怎么承受得起荣耀和回馈？

爱有多艰难，就有多难忘。

而你陪他走过的那段艰难日子，就是你们之间最牢固的基石，会让以后的爱和生活，更加闪光。如果你都不愿意陪他走过艰难，又凭什么分享他的灿烂？你没有足够的资格，又拿什么稳稳地站在他身旁？

看尽世界，
依然爱你

请让未来到来，让过去的过去。
即便辗转一生，
看尽世界，我依然爱你。

这两天气温骤降，冷得让人不愿出门。周末一个人待在家里，听着窗外呼啸的北风，正百无聊赖，忽然一句诗涌上心头："斯人屋内独听寒。"

我心里一动，这句诗从何而来？虽说创作者有"文章本天成"的说法，但这一句绝不是我的妙手偶得，因为它分明还有上半句。我闭了眼，集中精神想着，上半句怎么也寻不出来，这时心里却有一个声音继续说道："蝴蝶不来是嫌冷，还是别处觅春天？"这个声音像春天一样美好，我立刻听出来了，是小K。

小K是我十几年前的朋友，那时候我们都在读中学，没有手机和电脑，流行的还是写信交笔友。我和小K在同一个校园里，本来没有寄信的必要，但受那个朴素年代的影响，也经常互传一些字条。

小K喜欢写几句诗，因为没有专门学习过，总是写得很简陋，我有时看了心里偷偷笑他，好在是写着玩玩，全不较真。这几句诗，也是在很冷的一天，他埋怨我几日没有消息，就托朋友带了一张纸来，上面用天蓝色的墨水写着："……，斯人屋内独听寒。蝴蝶不来是嫌冷，还是别处觅春天？"字迹仿佛还在眼前，第一句却怎么也想不起来了。

我当时有没有暗笑他写得简陋呢？然而，十几年过去了，在一个孤独的冬日，这几句诗忽然冒出来，那种纯洁的呼唤，含笑的责备，竟别有深意，我几乎流下眼泪。

久远的回忆，像透过树梢的斑驳阳光，在这个阴霾的冬日温暖了我。

难怪电视剧《甄嬛传》里，雍正皇帝每每看到后宫的尔虞我诈，就忍不住叹息一声，念叨"朕的纯元皇后"。

回忆起这位年少时的爱人，他说："我的皇后，我爱的只有那一个让我魂牵梦萦的人，我的宛宛。纯，是她一生如一的纯净，不曾沾染世俗的污浊。元，她是我的最初，也是我的唯一。"

与其说这位小字"宛宛"的纯元皇后是雍正念念不忘的爱人，不如说是他那颗追求真善美的初心，是无从诉说的那份简单美好。

想得却不可得，你奈人生何？面对现实的纷纷扰扰，雍正从未放弃对纯元的苦苦寻觅。甄嬛相貌酷似纯元，便受尽万千宠爱；宜修是纯元的妹妹，他对她一忍再忍；出身低微的安陵容，因歌喉与纯元有几分相似，也能飞上枝头变凤凰。这也算是将爱屋及乌演绎得淋漓尽致了。

而甄嬛、宜修和安陵容，最后都让他失望了，她们终究不是他心中那个完美的纯元。

雍正拥有至高无上的权力，依旧寻而不得。我们普通人的现实生活，又有多少不尽如人意？

宜修临死之前说："臣妾已经年老色衰了，皇上自然会嫌恶。臣妾只是想，若姐姐还在，皇上是否还真心喜爱她逐渐老去的容颜。臣妾真是后悔呀，应该让皇上见到姐姐如今与臣妾一样衰败的容貌，皇上或许就不会这么恨臣妾了。"

细细想来，在纯元、宜修和雍正之间，纯元是最幸运的，她得以活在与尘世隔绝的回忆里，不沾染一点瑕疵；宜修是最不幸的，她想改变生活，却免不了被生活改变。而我们普通人，正如那个皇帝一般，夹在纯元和宜修之间，既怀念至纯至真的简单美好，又要面对现实生活的烦琐。

我们时常听到许多人说，不忘初心，方得始终。

其实我们所说的不忘初心，又何尝不是包含了对现实的否定与逃避？因为现实与初心相违，所以我们才会害怕生活在现实中的自己，一不小心就会忘却初心，只好写下一句箴言，反复提醒。

故事里，雍正对纯元的执念，难道算不上不忘初心？他却未得始终。

所以，有时候我不知道，不忘初心，应该有一个怎样的分寸。

如果我换一句"看尽世界，依然爱你"，会不会更加贴合？

我将正视这个世界真实的模样，也正视真实的自己，然后在现实里快乐地活着，并依然保留爱你的初心。

这如同，我对小 K 的爱意在时光的长河中未减少一分一毫，我也未因此冷落这世界一分一毫。

偶有一个瞬间，这爱意如同最初那样温暖了我，我心足矣。

请让未来到来，让过去的过去。即便辗转一生，看尽世界，我依然爱你。

炊烟起了，
我在门口等你

真正的爱情，
没有白马王子，也没有灰姑娘，
有的只是同样的坚持，
同样的默契和同样的守候。

01

我们镇子上有一户人家，男主人是个修鞋匠，长得很丑，女主人开一家小小的化妆品店，颇有几分姿色，他们还有一个挺乖巧的儿子，一家三口日子过得其乐融融。

小时候我总想不通，为什么修鞋匠会有这样好的福气，他有什么不为人知的来历或者背景吗？我问母亲，母亲告诉我原委，原来那个女人年轻时落魄，是带着儿子改嫁过来的。我恍然大悟，就是武大郎和潘金莲嘛。母亲白我一眼，小孩子懂什么！

我说这样的话确实冤枉了那个卖化妆品的女人，因为她虽然美，却很本分，也很踏实，并不像潘金莲那样惹出许多事端。从早到晚，女人都坐在她小小的门头店里，店门口，是修鞋匠的小棚子，虽然不搭，看惯了也就这样了。

每天，修鞋匠都坐在小棚子里，像《巴黎圣母院》里的敲钟人阿西莫多一样守候着他的爱斯梅拉达。到了吃饭的时候，女人会在店里做好了饭端出来，依然是她在店里，他在店外，他们都心安理得地吃着，没觉得有什么不妥。

这样的场景一直持续到我读高中。后来，男人先她一步去了，从葬礼到店铺重新开张，女人的表情都淡淡的。据说她的儿子都看不下去了，指责她太薄情寡义。旁人也感慨，半路夫妻，到底是没多少感情。

再后来，小镇搞城市规划，所有违规的搭建物都要拆了，其中包括那间修鞋匠的小棚子。女人有点迟疑，问人家，能不拆吗？回答是不能。

　　某个黄昏，我路过那里，看到女人竟坐在肮脏破败的小棚子里，微微地闭目养神。门前的道路上，行人和各色的电动车都不紧不慢地走着，女人的脸颊上也有两行眼泪不紧不慢地流着。

　　不远处，挖掘机正在隔壁隆隆地拆着，可她依然淡定地坐在那里，似乎与世隔绝。

　　忽然间，我明白了，他们都已经过了轰轰烈烈相爱的年纪，相貌、背景、资历，这些浮华的东西早已不再重要，而一个一个似水流年的日子，才是他们之间的爱情。

　　所以她不必声嘶力竭，也不必歇斯底里，他们之间平淡如水的回忆，才是他们的珍宝，有谁能把它夺走呢？

　　他们就这样淡淡地爱着，一点也不用力地爱着。

02

　　我小学的数学老师是个很美丽的女人，那时候，她一个人住在学校的家属院里。有一回，我路过家属院，听见她在唱："孤灯夜下，我独自一人坐船舱，船舱里有我杜十娘……"

　　还上小学的我傻想，杜十娘是谁呢，她坐在船舱里干吗？

　　等我再稍大一点，就知道了，杜十娘是可怜的女人，本来她集万千宠爱于一身，有无数珍宝，却异想天开要嫁给一个穷酸文人，过洗手做羹汤的平凡生活，最后呢，她被她心心念念的郎君卖了。唉，她分明是稀世珍宝，遇见的人偏偏不识货，一千两纹银就把她卖了。其实这时候还不算很糟，因为她年轻漂亮，又有百宝箱，想过自在快乐的日子是很容易的。可惜，她伤透了心，抱起百宝箱就跳入了滚滚江水。

再长大一点，我又听说，我的数学老师也是一个可怜的女人。她的爱人因为与人争风吃醋，失手打伤了人，后来才知道是一场误会。爱人被判刑坐牢了，她就在监狱外面等他回来。

最终，她的爱人回来了，两个人都老了，青春像一场梦似的过去了。

他是对不起她的，说一千一万个对不起也不够，但这似乎已经不重要了。这对苦命的情侣，好像把旧事都忘记了一般，过起了携手看夕阳的日子。

无论爱情有过多少曲折和离奇，爱情最终的结果都那么相似。

乔峰是《天龙八部》里的一代英豪，经历了那么多家仇国恨、江湖风波，最后也不过是想和阿朱姑娘一起去塞外牧马放羊，过与世无争的生活。

楚霸王项羽是顶天立地的男子汉，身披铠甲手持长戈，经历过巨鹿之战鸿沟和议，什么阵势没有见过？最后四面楚歌时，大丈夫何惜一死，却也忍不住对着爱妾虞姬涕泪涟涟。

一代球王贝克汉姆，穿着他的 7 号球衣从欧洲杯到世界杯，是英国艳遇不断的顶级男神，最后也坐在了地板上，给小女儿的洋娃娃缝起了裙子。

细水长流的爱情，是那样不留痕迹，虽然不言不语，叫人难忘记。

众里寻他千百度，蓦然回首，那人却在灯火阑珊处。真正的爱情，没有白马王子，也没有灰姑娘，有的只是同样的坚持，同样的默契和同样的守候。

你说儿女情长，英雄气短，原来是炊烟起了，我在门口等你。

繁华会落尽，风景会看透，唯有温柔的岁月，会永垂不朽。

图书在版编目（CIP）数据

愿所有姑娘都可以嫁给爱情 ／ 摆渡人著.
—— 北京：北京联合出版公司，2016.8
ISBN 978-7-5502-8297-1

Ⅰ．①愿… Ⅱ．①摆… Ⅲ．①故事－作品集－中国－
当代 Ⅳ．①I247.8

中国版本图书馆CIP数据核字（2016）第184006号

愿所有姑娘都可以嫁给爱情

项目策划　紫图图书ZITO®
监　　制　黄　利　万　夏
丛书主编　郎世溟

作　　者　摆渡人
责任编辑　管　文
特约编辑　宣佳丽　路思维　张　秀
内文插画　谜瑚
装帧设计　紫图图书ZITO®

北京联合出版公司出版
（北京市西城区德外大街83号楼9层　100088）
北京艺堂印刷有限公司印刷　新华书店经销
100千字　880毫米×1270毫米　1/32　7印张
2016年8月第1版　2016年8月第1次印刷
ISBN　978-7-5502-8297-1
定价：39.90元

愿所有姑娘都可以嫁给爱情